KB162976

동물농장

옮긴이 공진호

뉴욕시립대학교에서 영문학과 창작을 전공했다. 옮긴 책으로 에드워드 세인트 오빈의 〈패트릭 멜로즈 소설 5부작〉, 윌리엄 포크너의 『소리와 분노』, 허먼 멜빌의 『필경사 바틀비』, 하퍼 리의 『파수꾼』, 샤를 보들레르의 『악의 꽃』, 루시아 벌린의 『청소부 매뉴얼』과 『내 인생은 열린 책』, 『웰컴 홈』을 비롯하여 『에드거 앨런 포우 시선: 꿈속의 꿈』, 『안나 드 노아이유 시선: 사랑 사랑 뱅뱅』, 『아틸라 요제프 시선: 일곱 번째 사람』, E. L. 닥터로의 『빌리 배스게이트』 등이 있다.

조지 오웰 · 소설 전집

동물농장

초판 1쇄 발행 2023년 2월 10일

지은이 · 조지 오웰
옮긴이 · 공진호

펴낸이 · 조미현
책임편집 · 김호주
교정교열 · 홍상희
디자인 · 나윤영

펴낸곳 · (주)현암사
등록 · 1951년 12월 24일 · 제10-126호
주소 · 04029 서울시 마포구 동교로12안길 35
전화 · 02-365-5051
팩스 · 02-313-2729
전자우편 · editor@hyeonamsa.com
홈페이지 · www.hyeonamsa.com

ISBN 978-89-323-2275-9 04840
ISBN 978-89-323-2270-4 (세트)

GEORGE ORWELL

조지 오웰 소설 전집

동물농장

공진호 옮김

ANIMAL FARM

(1945)

현암사

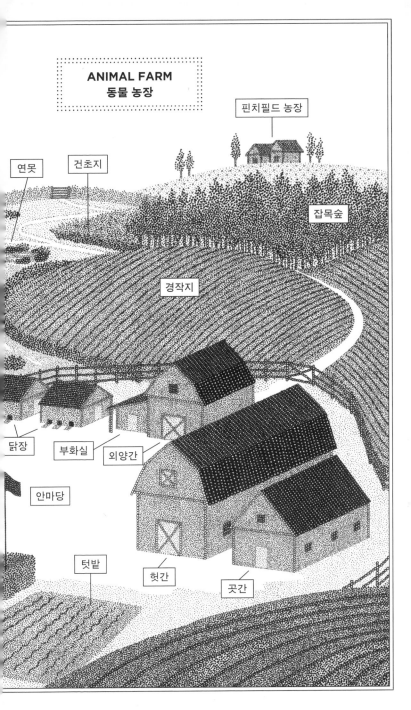

일러두기

-이 책의 번역 대본으로는 *Animal Farm*(Harcourt, Inc., 2003)을 사용하고, *Animal Farm*(Secker and Warburg, 1962)을 참조했다.
-본문에 나오는 각주는 모두 옮긴이주다.

차례 ―――

1

장원농장의 존스 씨는 야간 문단속을 하며 닭장 문들을 잠갔지만 술에 너무 취해 깜박하고 닭이 드나드는 구멍들은 닫지 않았다. 그는 춤추듯 좌우로 찰랑거리는 랜턴의 둥근 불빛을 비추며 안마당을 건너가 뒷문에다 장화를 걷어차듯 벗어버리고 부엌 식기 보관실의 나무통 꼭지를 틀어 마지막으로 맥주 한 잔을 더 따라 마신 뒤 존스 부인이 이미 코를 골고 있는 위층 침실로 올라갔다.

침실 불이 꺼지자 무언가 들썩이고 파닥이는 움직임이 농장 부속 건물들을 휩쓸었다. 우량 중형 백돼지 메이저 영감이 전날 밤 꾼 이상한 꿈 이야기를 다른 동물들에게 전하고 싶어 한다는 소식이 낮에 두루 전달되어 있었다. 그들은 존스 씨의 방해를 받을 위험이 없어지는 대로 큰 헛간에 모이기로 했다. '윌링던의 미인'이라는 이름으로 가축 품평회에 나갔어도 늘 메이저 영감이라 불리는 그는 농장에서 높이 존경받는 돼지였기에, 무슨 할 말이 있는지 몰라도 모두 선뜻 한 시간쯤은 잠을 손해 보고 들어 볼 준비가 언제든 되어 있었다.

큰 헛간 한쪽 끝 들보에 매달린 랜턴 아래, 연단 같은 깔짚에 메이저가 이미 편히 자리 잡고 있었다. 그는 열두 살로 근래 상당히 비만해지긴 했어도 당당한 풍채는 여전했고, 한 번도 자르지 않은 엄니가 드러나 보여도 현명하고 자애로운 인상을 주었다. 이윽고 다른 동물들이 도착해 각기 다른 방식으로 편안히 자리 잡기 시작했다. 제일 먼저 블루벨, 제시, 핀처라는 이름의 개들이 왔고, 이어 돼지들이 오더니 곧바로 연단 앞 짚이 깔린 자리에 편히 앉았다. 암탉들은 창턱에 앉았고, 비둘기들은 서까래로 파드닥 날아올랐다. 양과 젖소들은 돼지들 뒤에 엎드려 새김질을 했다. 복서와 클로버라는 이름의 일말은 둘이 함께 들어와 혹여 작은 동물들이 깔짚 속에 숨어 있을까 싶어 털이 수북하고 거대한 발굽을 천천히 조심스럽게 내디뎠다. 중년이 코앞인 클로버는 뚱뚱하고 인자한 암말로 네 번째 새끼를 낳고 나서는 몸매를 회복하지 못했다. 복서는 거대한 짐승으로 키가 손바닥 폭으로 거의 열넷이나 되는 데다 힘은 보통 말 둘을 합한 것과 맞먹었다. 주둥이 가운데를 따라 난 흰 줄 때문에 조금 우둔해 보였는데, 아닌 게 아니라 실제로 머리가 썩 뛰어나지는 않았지만 견실한 품성과 굉장한 노동력으로 누구에게나 존경을 받았다. 그다음 흰 염소 뮤리얼과 당나귀 벤저민이 도착했다. 벤저민은 농장 동물 중 최고령에다 가장 성깔이 있었다. 좀처럼 말이 없고, 어쩌다 말을 하더라도 대개는 냉소적인 이야기를 내뱉곤 했다. 가령 하느님이 파리들을 쫓으라고 꼬리를 주셨다지만 아예 파리도 없고 꼬리도 없는 편이 나았을 것이라는 식이었다. 농장 동물들 가운데 그만이 유일하게 웃는 적이 없었다. 왜 그러느냐는 물음에는 웃을 일이 전혀 없기 때문이라고 대답했다. 그래도, 스스로 드러내놓고 인정하지는 않았지만 그는 복서를 끔찍이 위했고, 그들은 일요일이면 대개 과수원 너머의 작은 방목장에 나란히 서서 말없이 풀을 뜯으며 시간을 보냈다.

복서와 클로버가 바닥에 엎드렸을 때 어미 잃은 새끼 오리들이 한 줄로 들어와 가냘픈 소리로 짹짹거리며 짓밟히지 않을 만한 곳을 찾아 돌아다녔다. 클로버가 거대한 앞다리를 내밀어 보호벽처럼 감싸주자 새끼 오리들은 그 안에 편안히 자리 잡고 곧 잠이 들었다. 존스 씨의 이륜마차를 끄는 어리석고 예쁜 흰 암말 몰리가 마지막 순간에 맵시 있고 얌전한 걸음으로 각설탕을 우물거리면서 들어왔다. 몰리는 갈기털을 땋아 묶은 빨간 리본에 시선을 끌고 싶어 앞쪽에 자리를 잡고 흰 갈기를 획획 흔들었다. 고양이는 제일 늦게 와서 늘 그러듯 가장 따뜻한 자리를 찾아다니다 결국 복서와 클로버 사이로 끼어 들어가 메이저의 연설이 다 끝날 때까지 한 마디도 듣지 않은 채 푸르르 푸르르 만족한 소리를 냈다.

사람을 잘 따르는 까마귀 모세 외에는 모두가 참석했다. 그는 뒷문 뒤에 있는 횃대에 앉아 잠들어 있었다. 다들 편한 자세로 주의를 모아 기다리고 있는 모습을 보자 메이저는 목청을 가다듬고 연설을 시작했다.

"동무들, 여러분은 내가 간밤에 이상한 꿈을 꾸었다는 이야기를 이미 들어 알고 있소. 하지만 꿈 이야기는 나중에 하기로 하고, 먼저 다른 할 말이 있소. 내가 동무들 곁에 있을 시간이 몇 달 안 남은 듯하오. 그래서 죽기 전에 내가 지금까지 얻은 지혜를 여러분에게 전하는 게 내 의무라는 생각이오. 난 오래 살았고, 내 칸막이 방에 혼자 누워 지내면서 생각할 시간이 많았소. 그러니까 지금 살아 있는 어느 동물 못잖게 이 땅에서의 삶의 본질을 이해한다고 할 수 있을 것이오. 바로 이 점에 대해 이야기하고 싶소.

자 그럼, 동무들, 우리 삶의 본질이 무엇이오? 까놓고 말해서, 우리의 삶은 비참하고 고되고 짧소. 이 땅에 태어나 겨우 연명할 만큼의 먹이를 받고, 노동할 힘이 있는 동물은 젖 먹던 힘까지 다 빠지도록 강제 노동에 처해지고, 쓸모가 없어지면 즉시 지독히 잔인한 방식으로 도살

되잖소. 영국의 동물은 한 살만 넘으면 행복이나 여유가 무언지 모르게 되오. 영국에선 어떤 동물도 자유롭지 않소. 동물의 삶은 비참과 예속의 삶이오. 이는 엄연한 사실이오.

하지만 이게 그저 자연 질서의 일부일까요? 여기에 사는 동물들이 버젓한 생활을 할 수 없을 정도로 우리의 이 땅이 메마른 것일까요? 아니오, 동무들, 골백번 아니오! 영국은 땅이 기름져요, 기후가 좋아요, 지금보다 훨씬 더 많은 동물들이 먹을 만큼의 식량을 산출할 수 있어요. 여기만 해도 한 가구의 농장인데도 말 열아홉 마리에 젖소 스무 마리, 양 수백 마리를 먹여 살릴 수 있을 것이오. 우리 모두가 지금은 거의 상상하지 못할 안락함과 존엄성을 누리며 살 수 있다는 얘기요. 그런데 우리는 왜 이런 비참한 조건 속에 살고 있을까요? 우리 노동의 산물을 인간이 거의 다 도둑질해 가기 때문이오. 동무들, 바로 여기에 모든 문제의 답이 있소. 이 답은 단 한 마디 말로 요약될 수 있소. 인간은 우리에게 유일한 실제 적이오. 이 판에서 인간을 제거하기만 하면, 과도한 노동과 굶주림의 근본 원인이 영원히 없어지는 것이오.

인간은 생산은 하지 않고 소비만 하는 유일한 동물이오. 우유를 공급하지 않지, 알을 낳지도 않지, 쟁기를 끌기엔 너무 약하지, 토끼를 잡을 수 있을 만큼 빨리 달리지도 못하지. 그런데도 인간은 모든 동물 위에 군림하고 있소. 동물들에게 일을 시키고 굶어 죽지 않을 정도로 최소한의 식량만 줄 뿐, 나머지는 몽땅 자기들이 차지한단 말이오. 우리의 노동으로 땅을 갈고, 우리의 똥으로 땅을 기름지게 하는데도, 우리의 소유라고는 모두 이 맨가죽밖에 없잖소. 이 앞에 보이는 젖소들에게 묻겠소. 당신들은 지난 1년 동안 우유를 몇천 갤런이나 냈소? 그리고 튼튼한 송아지들을 키우는 데 쓰여야 할 그 우유는 어찌 되었소? 한 방울도 남김없이 깡그리 우리 적들의 목구멍으로 넘어갔지. 그리고 거기 암탉들도 한번 말해보시오. 당신들은 지난 1년 동안 알을 몇 개나 낳았소? 그리고 그중 부화해서 병아리가 된 것은 모두 몇 개나 되오? 그 나머지는 모두 시장에 팔려 존스와 그의 머슴들에게 돈을 벌어다 주었소. 그리고 클로버, 당신이 낳은 새끼 넷, 노년에 당신을 부양하고 기쁘게 해줄 그들은 지금 어디에 있소? 모두 한 살이 되었을 때 팔려 나갔잖소. 당신은 다시는 그들을 보지 못할 것이오. 네 번이나 새끼를 낳고 그 모든 고된 밭일을 한 대가로 배급받은 빠듯한 식량과 마구간의 칸막이방 하나 외에 무엇을 가져보았소?

우리는 고생하며 사는데도 천수조차 누리지 못하오. 나로 말하자면 운이 좋은 축에 속하니 불만은 없소. 열두 해를 산 데다 자식은 400마리가 넘으니 말이오. 돼지의 천수가 그렇지. 그러나 결국 어떤 동물이든 잔인한 칼날을 피하지는 못하오. 이 앞에 앉아 있는 젊은 비육돈들,

자네들은 모두 1년 안에 푸주 도마에서 비명 소리와 함께 목숨을 잃을 걸세. 우리 모두 그 참상에 도달하지 않을 수가 없지. 젖소며 돼지며 암탉이며 양이며 모두 다. 말과 개의 운명도 별로 나을 건 없지. 복서, 당신이 가진 그 엄청난 근육의 힘이 빠지면 바로 그날로 존스는 당신을 도축업자에게 팔아버릴 테고, 도축업자는 당신의 목을 잘라 바짝 삶아서 여우 사냥개들에게 먹이로 줄 거요. 개들은 또 어떤가 하면, 늙고 이가 빠지면 존스가 목에 벽돌을 달아 가장 가까운 연못에 던져버리겠지.

동무들, 그렇다면 우리네 이 삶의 모든 해악은 인간의 폭정에서 나온다는 게 명명백백하지 않소? 인간을 제거하기만 하면 우리 노동의 대가는 우리의 것이 될 것이오. 우리는 거의 하루아침에 자유롭고 풍족하게 살 수 있소. 그러자면 어떻게 해야 할까요? 그야 물론 인류를 타도하기 위해 몸과 마음을 다하여 밤낮으로 일해야 하는 거요! 내가 여러분에게 주는 메시지는 바로 그것이오. 대반란! 그 대반란이 언제 일어날지 나는 모르오. 일주일 후가 될 수도 있고 100년 후가 될 수도 있을 것이오. 하지만 머잖아 정의가 실현되리란 것을 나는 내 발밑의 짚을 보듯 분명히 압니다. 동무들, 그러니 짧은 여생을 살아가는 동안 그때를 놓치지 않게 눈 똑바로 뜨고 지켜보시오. 그리고 무엇보다 나의 이 메시지를 여러분의 뒤를 잇는 이들에게 전하시오. 그래서 후손들이 승리할 때까지 투쟁을 지속하게 하시오.

그리고 동무들, 기억하시오. 여러분의 결의가 절대로 흔들려서는 안 되오. 논쟁으로 엇나가는 일이 없도록 하시오. 누가 인간과 동물은 공동의 이익을 추구한다고 하더라도 절대로 그 말에 귀 기울이지 마시오. 그건 전부 거짓말이오. 인간은 자신 외에는 그 어떤 생물의 이익에도 기여하지 않소. 이 투쟁에 임하는 우리 동물들끼리 완전한 통합, 완전한 동지애를 이루어야 하오. 인간은 모두 적이오. 동물은 모두 동지요."

이때 한바탕 소동이 일었다. 메이저가 연설하는 동안 큰 쥐 네 마리가 쥐구멍에서 기어 나와 바닥에 뒷다리와 엉덩이를 대고 앉아 그의 말에 귀를 기울이고 있었던 것이다. 그러다 개들의 눈에 띄었지만 쥐들은 재빨리 쥐구멍으로 뛰어 들어가 겨우 목숨을 부지했다. 메이저는 발을 쳐들어 소란을 가라앉히며 말을 이었다.

"동무들, 여기서 우리가 합의를 봐야 할 것이 하나 있소. 쥐나 토끼 같은 들짐승들은 우리 편일까요, 아니면 적일까요? 이것을 표결에 붙입시다. 내가 이렇게 의제를 발의하겠소. 쥐는 동지입니까?"

그들은 바로 표결에 들어갔고 절대다수가 쥐는 동지라는 의견에 찬성했다. 반대표는 개 세 마리와 고양이 하나로 모두 넷뿐이었는데, 그나마도 고양이는 찬반 모두에 투표했다는 사실이 나중에 밝혀졌다. 메이저는 다시 말을 이었다.

"더 할 말은 별로 없소. 다만 반복하거니와, 인간과 그들의 풍습에 적대감을 가질 의무를 항상 명심하시오. 두 다리로 걷는 건 무엇이든 적이오. 네 다리로 걷는 것이나 날개가 달린 건 우리 편이오. 또한 인간과의 싸움에서 그들을 닮으면 안 된다는 걸 명심하시오. 그들에게 이기더라도 그들의 악습을 답습해서는 안 되오. 어떤 동물이든 본채에 들어가 살거나, 침대에서 자거나, 옷을 입거나, 술을 마시거나, 담배를 피우거나, 돈에 손을 대거나, 매매에 관여해서는 절대로 안 된다는 말이오. 인간의 풍습은 전부 악한 것이오. 그리고 무엇보다도 동물끼리 서로 탄압해서는 안 되오. 약하든 강하든, 영리하든 어수룩하든, 우리는 모두 동료요. 어떤 동물도 절대로 다른 동물을 죽여선 안 되오. 모든 동물은 동등하오.

동지 여러분, 그럼 이제 내가 간밤에 꾼 꿈 이야기를 하겠소. 그 꿈을 말로 설명하지는 못하겠소. 인간이 사라진 다음의 이 땅에 관한 꿈이었다는 것 외에는. 하지만 이 꿈을 통해 내가 오랫동안 잊고 살았던 무언가가 생각났소. 오래전 내가 어렸을 때 우리 어머니가 다른 암퇘지들과 부르던 옛 노래요. 그들은 곡조와 노랫말의 첫 세 마디만 알고 있었지. 나도 아주 어렸을 적에는 그 곡조를 알았지만 잊고 산 지 오래되었는데, 지난밤 꾼 꿈에서 그게 다시 생각나더군. 그뿐 아니라 노랫말도 되살아났소.

먼 옛날 동물들이 부르던 건데 몇 대를 내려오며 잊혔던 노래요. 늙어서 목소리가 거칠긴 하지만 내가 이 노래를 가르쳐주겠소. 여러분은 나보다 더 잘 부를 수 있을 거요. 제목은 〈영국의 짐승들〉이오."

메이저 영감은 목청을 가다듬고 노래를 부르기 시작했다. 그의 말마따나 목소리가 거칠었지만 그는 노래를 곧잘 불렀다. 〈클레멘타인〉과 〈라 쿠카라차〉를 합쳐놓은 듯한 그 곡조가 가슴을 벅차오르게 했다. 노랫말은 이랬다.

영국의 짐승, 아일랜드의 짐승
만방의 짐승들이여
귀 기울여 내 말 들으오
황금의 미래 희소식을

머지않아 그날이 올지니
폭군 인간은 타도되리
영국의 비옥한 들판은
가축들만 밟으리

코의 코뚜레, 등의 마구
모두 사라지리라
재갈 박차 녹이 슬고
잔인한 채찍 소리 없으리

상상보다 더 큰 풍요
귀리, 말꼴, 밀, 보리
토끼풀, 콩, 사탕무가
우리 것 될 그날에

환히 빛날 영국의 밭
맑은 물이 흐르고
바람은 더 상쾌하리
우리 해방될 그날

그날 위해 우리 일하세
그날 밝기 전에 죽어도
젖소와 말, 거위, 칠면조
모두 자유 위해 애쓰세

영국의 짐승, 아일랜드의 짐승
만방의 짐승들이여
귀 기울여 소식 전하세
황금의 미래 희소식을

　노래를 들은 동물들은 미친 듯이 열광했다. 그리고 메이저의 노래가 거의 다 끝날 무렵엔 그들도 직접 부르기 시작했다. 그들 가운데 가장 우둔한 동물들까지 벌써 곡조와 노랫말 몇 마디를 익혔고, 돼지와 개처럼 영리한 동물들은 몇 분 만에 노래를 전부 외웠다. 동물들은 몇 번 연습하더니 농장이 떠나가게 〈영국의 짐승들〉을 우렁차게 제창했다. 소는 음매음매, 개는 낑낑, 양은 매매, 말들은 힝힝, 오리는 꽥꽥 소리로 노래를 불렀다. 노래를 부르는 것이 너무 기뻐 내리 다섯 번을 불러젖혔다. 방해를 받지 않았더라면 밤새도록 불렀을지도 모른다.

그 소란에 유감스럽게도 존스 씨가 잠에서 깨어나 안마당에 여우가 들어왔다고 확신하고 부리나케 일어나 침대에서 내려왔다. 그는 방 한구석에 늘 세워져 있는 총을 집어 들고 6호짜리 산탄을 장전해서 어둠 속을 향하여 발사했다. 산탄들이 헛간 벽에 날아가 박혔고 집회는 황급히 해산되었다. 모두 각자의 침소로 내뺐다. 새들은 횃대로 뛰어올랐고, 짐승들은 짚 위에 편히 자리를 잡았다. 농장 전체가 순식간에 잠이 들었다.

2

사흘 뒤, 메이저 영감은 잠을 자다 평온한 죽음을 맞았다. 그의 사체는 과수원 기슭에 묻혔다.

3월 초의 일이었다. 그로부터 석 달 동안 많은 활동이 은밀히 전개되었다. 메이저의 연설이 상대적으로 지능이 높은 동물들에게 완전히 새로운 시야를 갖게 해준 것이다. 그들로서는 메이저가 예언한 대반란이 언제 일어날지 알 수 없었고, 자신들의 살아생전에 일어나리라고 생각할 아무런 근거도 없었지만. 대반란을 준비할 의무가 자신들에게 있음을 그들은 분명히 보았다. 가르치고 조직하는 일은 당연히 동물들 가운데 가장 영리하기로 정평이 난 돼지들에게 지워졌다. 그중 존스 씨가 판매용으로 기르던 젊은 수퇘지인 스노볼과 나폴레옹의 영리함은 단연 발군이었다. 이 농장 유일의 버크셔종 흑돼지 나폴레옹은 거대하고 꽤나 사나워 보이며 비록 말수는 없지만 자기가 원하는 것은 얻어내고야 만다는 평판이 나 있었다. 스노볼은 나폴레옹보다 쾌활하며 말주변이 좋고 창의적이었다. 하지만 나폴레옹만큼 속이 깊지는 않다고 여겨졌다. 그들을 제외한 농장의 다른 모든 수퇘지들은 식용이었다. 이들 가운데 가장 잘 알려진 돼지는 작고 살찐 스퀼러였다. 동그란 볼에 눈은 반짝반짝하고 동작은 민첩하며 목소리는 날카로운 그는 말주변이 뛰어났고 어려운 문제를 논할 때는 다리를 한쪽씩 떼면서 양옆으로 건들거려가며 꼬리를 흔드는 버릇이 있었는데, 그러면서 하는 말은 왠지 매우 설득력이 있었다. 모두 스퀼러라면 검은색을 흰색으로 바꿀 수도 있으리라고들 했다.

이들 셋은 메이저 영감의 가르침을 손질하고 마무려서 완전한 사상 체계를 세우고 이를 '동물주의'라 이름했다. 그들은 매주 여러 날 밤마다 존스 씨가 잠든 뒤 헛간에 모여 비밀 회합을 열고 다른 동물들에게 동물주의의 원리를 설명했다. 처음엔 엄청난 우매와 무관심에 부닥쳤다. 어떤 동물들은 자기들이 '주인님'이라고 부르는 존스 씨에 대한 신의를 거론하거나, "존스 씨는 우리를 먹여 살리잖아, 존스 씨가 없으면 우리는 굶어 죽을 거야"와 같은 단순한 소견들을 피력했다. 또 어떤 동물들은 이런 질문을 했다. "우리가 죽은 뒤에 무슨 일이 일어나든 알 게 뭐야?" "이 대반란이 어차피 일어날 거라면 우리가 그걸 위해 힘을 다하든 말든 달라질 게 뭐 있겠어?" 그런 주장이 동물주의의 정신에 어긋난다는 것을 깨닫게 해주기까지 돼지들은 큰 어려움을 겪어야 했다. 가장 우매한 질문은 흰 암말 몰리에게서 나왔다. 몰리가 스노볼에게 던진 첫 번째 질문은 이랬다. "대반란 후에도 설탕이 있을까요?"

"아니." 스노볼이 단호히 말했다. "이 농장엔 설탕을 만들 수단이 없어요. 게다가 설탕은 필요하지도 않아요. 앞으로 귀리와 말꼴은 원하는 만큼 먹게 될 거요."

"그럼 갈기에 리본을 달 수는 있을까요?" 몰리가 물었다.

"동무가 그토록 끔찍이 생각하는 그 리본들은 예속의 상징이오. 해방이 리본보다 더 가치 있다는 걸 이해하지 못하겠소?"

몰리는 공감을 표하긴 했으나 납득한 기색은 별로 없었다.

인간에게 길든 까마귀 모세가 퍼뜨리는 거짓말에 대응하는 일은 훨씬 더 힘들었다. 존스 씨가 아끼는 애완동물인 모세는 염탐꾼이자 말전주꾼이요, 영리한 이야기꾼이기도 했다. 그는 얼음사탕산(山)이라는 신비한 나라가 있다는 것을 안다고 주장했다. 동물이 죽으면 모두 그곳에 간다고 했다. 그곳은 저 하늘 위, 구름 너머 조금 떨어진 어딘가에 있다는 것이었다. 얼음사탕산에서는 주 일곱 날이 전부 일요일이고 토끼풀은 연중 계속 제철이며, 산울타리를 따라 각설탕과 아마인 깻묵이 자란다고 했다. 동물들은 일은 안 하고 말질이나 한다며 모세를 미워했지만, 개중에는 그래도 얼음사탕산의 존재를 믿는 이들이 있어서 돼지들은 그런 곳이 없다는 걸 설득시키느라 매우 힘겹게 입씨름을 벌여야 했다.

돼지들의 가장 충실한 제자는 달구지를 끄는 두 말, 복서와 클로버였다. 그들은 스스로 무언가 생각하는 걸 무척 어려워했으나 일단 돼지들을 선생님으로 받아들인 후로는 어떤 가르침이든 다 흡수했고, 그것을 다른 동물들에게 단순한 논법으로 전달했다. 그들은 헛간에서 모이는 비밀 회합에 빠지지 않았고, 회합이 끝날 때마다 부르는 〈영국의 짐승들〉을 선창했다.

결과적으로 대반란은 어느 누가 예상했던 것보다 훨씬 더 일찍, 더 수월히 성취되었다. 냉혹한 주인이기는 해도 과거 유능한 농부였던 존스 씨는 최근 불운을 겪은 바 있었다. 소송에 휘말려 돈을 잃은 뒤로는 기가 많이 죽어 적당량 이상으로 술을 마시는 버릇이 붙었다. 그는 곧잘 부엌의 윈저체어에 앉아 신문을 읽거나 술을 마셨고, 가끔 딱딱해진 빵 조각을 맥주에 적셔 까마귀에게 주기도 하며 빈둥거렸다. 머슴들은 게으르고 불성실해서 논밭에는 잡초가 무성한 데다 건물들은 지붕을 손봐야 할 지경이었고, 산울타리들은 방치되었으며, 동물들은 제대로 먹지 못했다.

6월이 되어 말꼴을 벨 때가 거의 무르익었다. 세례요한 축일* 전날인 토요일 밤 윌링던에 간 존스 씨는 '붉은 사자'라는 술집에서 대취하여 일요일 한낮이 되어서야 돌아왔다. 머슴들은 아침 일찍 소젖을 짠 뒤 동물들에게 먹이를 줄 생각도 하지 않고 토끼 사냥을 나갔다. 존스 씨는 집에 돌아오자마자 바로 거실 소파에 누워 《뉴스 오브 더 월드》로 얼굴을 덮고 잠들었기 때문에 저녁이 될 때까지 동물들은 내내 굶주려야 했다. 그들은 결국 더 이상 참을 수 없는 지경에 이르렀다. 한 젖소가 곳간 문을 뿔로 들이받아 부수자 동물들은 각자 알아서 저장 통에 든 것들을 먹기 시작했다. 바로 그때 존스 씨가 깨는가 싶더니 어느새 머슴 넷과 곳간에서 사방에 채찍을 휘두르고 있었다. 이는 굶주린 동물들이 견딜 수 있는 수위를 넘어서는 것이었다. 사전에 계획한 바가 없었는데도 동물들은 일제히 박해자들에게 달려들었다. 존스와 머슴들은 여기저기서 날아드는 동물들의 머리와 다리에 받혔다. 상황이 사람들의 통제를 완전히 벗어났다. 동물들이 그

    ＊ 6월 24일. 오웰은 동물들이 승리를 거두는 날을 세례요한 축일(Midsummer's Day)로 정하고 요정의 마법으로 인간과 동물(당나귀)의 경계가 흐려지는 셰익스피어의 『한여름 밤의 꿈(*A Midsummer Night's Dream*)』을 떠올리게 함으로써 동물들에게 경의를 표한다. 영국과 아일랜드에서 세례요한 축일 전야는 전통적으로 모닥불을 피우고 축제를 열어 흥겹게 노는 날이다.

렇게 행동하는 것을 한 번도 본 적이 없었던 그들은, 자기들 마음대로 채찍질하고 혹사하던 동물들의 이 갑작스러운 폭동에 화들짝 놀랐다. 그들은 방어하려고 애쓰다 금방 포기하고 달아났다. 잠시 후에는 이들 다섯 명 모두 큰길로 통하는 마찻길을 따라 전속력으로 도망쳤고, 동물들은 기세등등하게 그들을 뒤쫓았다.

침실에서 창밖을 내다보던 존스 부인도 무슨 일이 벌어지는지 깨닫고는 급히 여행용 손가방에 몇몇 소지품만 대충 챙겨가지고 다른 길을 통해 농장에서 빠져나갔다. 횃대에 앉아 있던 모세가 후다닥 날아올라 시끄럽게 깍깍 울며 그녀를 뒤쫓아 갔다. 한편 동물들은 존스와 머슴들을 큰길까지 내쫓은 뒤 5단 가로장 문을 쾅 닫았다. 이렇게 해서 그들은 무슨 일이 있었는지 미처 깨닫기도 전에 대반란에 성공했다. 존스는 추방되었고, 장원농장은 그들 차지가 된 것이다.

처음 몇 분 동안 동물들은 자신들의 행운을 도무지 믿을 수 없었다. 그들이 제일 처음 보인 행동은, 마치 어딘가 숨어 있는 인간이 있는지 확인하려는 듯 농장 경계를 따라 한 바퀴 떼 지어 질주하는 것이었다. 이어 그들은 존스가 남긴 혐오스러운 지배의 흔적을 지워버릴 작정으로 농장 부속 건물로 달려갔다. 마구간 끝에 있는 마구 보관실 문을 부숴 열고 재갈과 코뚜레, 개 목걸이, 돼지와 어린 양을 거세할 때 쓰던 존스 씨의 잔인한 칼을 모두 우물에 처넣었다. 고삐와 굴레, 눈가리개, 모멸적인 목에 거는 사료 주머니는 모두 마당의 쓰레기 소각장에 집어던졌다. 채찍도 마찬가지였다. 채찍이 불에 타오르는 것을 보고 모든 동물이 기뻐서 깡충깡충 뛰었다. 스노볼은 장날이면 말의 갈기와 꼬리를 장식하던 리본들을 불 속에 던져 넣었다.

"리본은 옷으로 봐야 합니다. 옷은 인간의 특징이죠. 동물은 벌거벗고 살아야 해요." 스노볼이 말했다.

그 말을 듣자 복서는 여름철에 귀에 파리가 꼬이지 못하게 쓰던 작은 밀짚모자를 가져와 불 속에 던져 넣었다.

얼마 안 되어 존스 씨를 생각나게 하는 모든 것이 파괴되었다. 나폴레옹은 동물들을 거느리고 곳간으로 가서 모두에게 갑절로 곡식을 배급했다. 개에게는 비스킷을 두 개씩 더 주었다. 이어 그들은 〈영국의 짐승들〉을 처음부터 끝까지 일곱 번 연달아 부른 뒤 잠자리를 마련하고 생전 처음 자듯이 잠에 빠졌다.

그들은 평소처럼 새벽에 눈을 떴지만, 전날 있었던 영광스러운 사건이 문득 떠오르자 다 함께 나가 목초지로 내달렸다. 목초지 안으로 조금만 들어가면 농장 대부분이 내려다보이는 둔덕이 있었다. 동물들은 급히 둔덕 꼭대기로 달려 올라가 맑은 아침 햇빛이 비치는 주위를 둘러보았다. 그렇다, 농장은 그들 것이었다. 눈에 보이는 모든 것이 그들 것이었다! 그 생각에 희열을 느낀 그들은 빙글빙글 돌고 뛰노는가 하면 신이 나서 땅을 세게 차 높이 도약했다. 이슬 젖은 풀밭 위에 뒹굴며 향기로운 여름철 풀을 한입 가득 베어 물었고, 흑토를 차 덩어리째 파낸 뒤 그 진한 냄새를 킁킁 들이마셨다. 그런 다음 그들은 경작지와 건초지, 과수원, 연못, 잡목 숲 등 농장 전체를 둘러보며 이루 형언할 수 없는 감격에 젖었다. 그런 곳들을 생전 처음 보는 것 같았고, 그 모든 게 자신들 소유라는 게 아직도 믿기지 않았다.

농장 부속 건물 구역으로 줄지어 돌아가던 그들은 본채 문 앞에서 말없이 걸음을 멈추었다. 그 집 역시 그들의 것이었지만 안으로 들어가기가 겁났다. 그러나 잠시 후 스노볼과 나폴레옹이 어깨로 문을 들이받아 열자 동물들은 아무것도 흐트러지지 않게 조심조심 한 줄로 들어갔다. 그들은 발소리를 죽인 채 걸음을 옮겼고, 행여 소리가 날까 두려워 작게 속삭이면서 이 방 저 방 돌아다니며 깃털 매트리스와 거울, 말총 소파, 브뤼셀 융단, 거실 벽난로 위에 걸린 빅토리아 여왕의 석판 초상화 등 믿을 수 없이 호사스러운 것들을 황홀히 쳐다보았다. 다들 위층에서 내려오다 몰리가 보이지 않는다는 것을 알고 뒤돌아 올라가보니 몰리가 가장 좋은 침실에 남아 있었다. 몰리는 존스 부인의 화장대에서 파란색 리본 하나를 꺼내 어깨에 갖다 대고 아주 바보 같은 시늉을 하며 황홀히 거울을 들여다보고 있었다. 나머지 동물들은 그녀를 신랄하게 나무란 뒤 밖으로 나왔다. 그들은 부엌에 매달려 있던 햄을 땅에 파묻기 위해 끌어내렸다. 복서는 부엌방의 맥주 통을 걷어차 찌그러뜨렸다. 본채를 박물관으로 보존하자는 의견이 즉석에서 만장일치로 통과되었다. 어떤 동물이든 그 집에서 살아서는 안 된다는 사항에 모두가 동의했다.

동물들의 아침 식사가 끝나자, 스노볼과 나폴레옹이 그들을 다시 불러 모았다.

"동무들, 지금 시간이 6시 30분이고, 우리 앞에 긴 하루가 놓여 있소. 오늘은 건초 수확을 시작하는 날이오. 하지만 그 전에 먼저 돌봐야 할 일이 있소."

돼지들은 자기들이 지난 석 달간 쓰레기 더미에서 발견한 존스 씨 자녀들의 낡은 철자 교본을 가지고 읽고 쓰는 법을 독학했다고 밝혔다. 나폴레옹은 검은색과 흰색 페인트 통을 가져오라고 한 뒤 큰길로 통하는 5단 가로장 문으로 앞장서 내려갔다. 거기서 스노볼이(글씨를 제일 잘 쓰는지라) 앞발의 두 관절 사이에 붓을 끼워 잡고 꼭대기 가로장에 쓰여 있는 '장원농장'을 덧칠해 지우고 그 위에 '동물농장'이라고 썼다. 이제부터 이 농장을 그렇게 부르기로 한 것이다. 그런 다음 그들은 농장 부속 건물 구역으로 돌아왔고, 스노볼과 나폴레옹은 동물들을 보내 사다리를 가져와 큰 헛간 한쪽 끝 외벽에 기대어 놓으라고 시켰다. 그들은 지난 석 달 동안 동물주의의 원리를 연구해서 7계명으로 요약하는 데 성공했다고 설명했다. 이제 그 7계명을 벽에 써놓을 것이며, 이는 동물농장의 모든 동물들이 앞으로 영원히 지켜야 할 불변의 법이 되리라는 것이었다. 스노볼은 어렵사리(돼지가 사다리에 올라 균형을 잡기란 쉽지 않으므로) 사다리를 타고 올라가 그 일에 착수했다. 스퀼러는 몇 단 아래에 페인트 통을 들고 섰다. 7계명은 타르를 바른 벽에 커다란 흰 글씨로 쓰여서 30미터 밖에서도 읽을 수 있었다. 내용은 이러했다.

7계명

1. 두 다리로 걷는 건 무엇이든 적이다.

2. 네 다리로 걷거나 날개가 있는 건 무엇이든 우리 편이다.

3. 어떤 동물이든 옷을 입으면 안 된다.

4. 어떤 동물이든 침대에서 자면 안 된다.

5. 어떤 동물이든 술을 마시면 안 된다.

6. 어떤 동물이든 다른 동물을 죽이면 안 된다.

7. 모든 동물은 평등하다.

글씨체는 매우 단정했고, 두 군데*를 제외하면 전체적

---

* 원문에는 영어 단어를 배울 때 어린이들이 흔히 실수하는 단어 friend (우리 편, 친구)가 freind 로, s 자 하나가 좌우 반전된 형태로 되어 있다.

으로 틀린 글자가 없었다. 스노볼은 글을 모르는 동물들을 위해 큰 소리로 읽었다. 모두 전적으로 동의하고 고개를 끄덕끄덕했다. 영리한 동물들은 곧바로 7계명을 외우기 시작했다.

"자, 동물들, 그럼 이제 건초밭으로 갑시다! 우리의 명예를 걸고, 존스와 그의 머슴들보다 더 빨리 수확합시다." 스노볼이 소리쳤다.

그런데 바로 그 순간, 아까부터 몸이 거북해 보이던 세 젖소가 크게 음매 울어댔다. 그들은 스물네 시간 동안 젖을 짜지 못해 젖통이 터질 지경이었다. 돼지들은 잠시 생각한 뒤 양동이를 가져오게 해서 젖소들의 젖을 제법 능숙하게 짜냈다. 그들의 앞발이 이 일에 아주 안성맞춤이었다. 곧 거품이 보글보글한 크림색 우유가 양동이 다섯 개에 채워졌고, 많은 동물들이 지대한 흥미를 느끼며 그것을 바라보았다.

"저 우유는 다 어떻게 되는 거지?" 누군가 말했다.

"존스는 가끔 저걸 우리 사료에 조금씩 섞어주곤 했는데." 한 암탉이 말했다.

"우유는 걱정하지 마시오, 동무들! 나폴레옹이 양동이들 앞을 가로막으며 외쳤다. "이건 잘 처리될 것이오. 수확이 더 중요해요. 스노볼 동지가 인솔할 거요. 나도 조금 뒤에 뒤따라가겠소. 동무들, 앞으로! 건초가 기다리고 있소."

동물들은 추수를 하기 위하여 떼 지어 목초지로 내려 갔다. 그런데 저녁에 돌아왔을 때 그들은 우유가 사라진 것을 알아차렸다.

3

건초를 거둬들이느라 얼마나 땀 흘리며 수고했던가! 그러나 수고한 보람이 있었다. 그들의 기대보다 훨씬 더 큰 수확을 한 것이다.

때로는 일을 하기가 곤란했다. 농기구들이 동물보다는 인간에게 적합한 형태로 고안되어 있기 때문이었다. 뒷발로 서서 다루는 도구를 쓸 수 있는 동물이 없다는 것이 커다란 걸림돌이었다. 그러나 돼지는 영리한 동물이기에 어떤 어려움이라도 극복할 방법을 생각해낼 수 있었다. 말들은 어떤가 하면 논밭의 구석구석까지 훤했고, 사실상 풀을 베어 갈퀴로 긁어모으는 일은 존스와 그의 머슴들보다 더 잘 알았다. 돼지들은 지시하고 감독할 뿐 실제로 하는 일이 없었다. 우월한 지식을 갖춘 그들이 지도자가 되는 것은 자연스러운 일이었다. 복서와 클로버가 절단기나 써레를 제 몸에 묶고 논밭을 부단히 걸어 다니면(물론 재갈이나 고삐는 이제 필요없었다) 돼지 한 마리가 그들 뒤를 따라다니며 경우에 따라 "이랴, 갑시다, 동무!"라거나 "워워, 뒤돌아, 동무!" 하고 외치곤 했다. 가장 작고 보잘것없는 동물에 이르기까지 모두가 건초를 뒤집고 긁어모으는 일을 했다. 오리와 암탉마저 햇볕 아래서 건초를 조금씩 부리로 물어 나르며 온종일 왔다 갔다 힘들게 일했다. 그들은 결국 존스와 그의 머슴들이 예년에 들였던 시간보다 이틀이나 일찍 수확을 마쳤다. 게다가 수확량은 농장 역사상 최고였다. 낭비된 것은 하나도 없었다. 날카로운 시력을 가진 암탉과 오리가 마지막 한 줄기까지 모조리 거둬들였다. 게다가 곡물을 한 입이라도 슬쩍한 동물도 전혀 없었다.

여름 내내 농장 일은 순조롭게 진행되었다. 동물들은 그럴 수 있으리라고 상상도 못 했던 만큼이나 행복했다. 음식은 한 입 한 입 짜릿하고 확실한 즐거움을 주었다. 인색한 주인이 조금씩 나누어주는 것이 아니라 그들 자신의 힘으로 생산한, 진정한 그들의 음식이었기 때문이다. 쓸모없는 기생충 같은 인간들이 없으니 모두에게 먹을 것이 더 많이 돌아갔다. 아직 익숙지는 않았지만 여가 시간도 더 많았다. 그들은 많은 난관에 부딪치기도 했다. 예를 들어 그해 후반에 들어 곡식을 추수했을 때는 농장

소유의 탈곡기가 없어서 고대의 방식으로 곡물을 짓밟고 입바람으로 겨를 불어내야 했다. 그러나 그들은 언제나 돼지들의 영리한 머리와 복서의 엄청난 힘 덕분에 난관을 극복했다. 복서는 모두에게서 찬사를 받았다. 존스의 시대에도 근면한 일꾼이었던 그는 이제 더 나아가 말 세 마리 몫을 하는 듯했다. 어떤 날은 농장 일 전체가 그의 강인한 어깨에 달려 있는 것 같았다. 그는 아침부터 밤까지 항상 가장 힘든 곳에서 밀고 끄는 일을 했다. 아침 일찍, 다른 동물들보다 30분 먼저 깨워달라고 한 젊은 수탉에게 부탁해두고, 그날그날의 정규 일과가 시작되기 전에 자신을 가장 필요로 하는 곳에 자원하여 노동을 했다. 무슨 문제가 있든, 어떤 차질이 생기든, 그의 반응은 언제나 한결같았다. "더 열심히 일하자!" 이것은 그가 좌우명으로 삼은 말이었다.

다른 동물들도 모두 각자의 능력에 따라 일했다. 예를 들어 암탉과 오리는 수확기에 다섯 부셸*만큼의 낟알을 주워 모았다. 식량을 훔치거나 불평하는 동물은 하나도 없었다. 과거에는 다투고 물어뜯고 시기하는 일이 일상사였는데, 이제는 그런 일도 거의 자취를 감췄다. 아무도 게으름을 부리지 않았다. 아니, '거의 아무도'라고 해야 하겠다. 몰리는 사실 아침에 잘 일어나지 못했고, 발

＊　곡물이나 과실의 무게를 헤아리는 단위. 1부셸은 약 27킬로그램이다.

굽에 돌이 박혔다며 일하다 말고 일찍 들어가는 버릇이 있었으니 말이다. 그리고 고양이의 행동도 약간 이상했다. 해야 할 일이 있을 때면 늘 어디 갔는지 보이지 않는다는 것을 모두 금세 알게 되었다. 고양이는 한번 사라지면 몇 시간씩 보이지 않다가 식사 시간이나 일이 끝난 저녁이면 아무 일도 없었던 듯 멀쩡하게 다시 나타나곤 했다. 하지만 항상 기막힌 변명을 둘러대는 데다 아주 다정하게 푸르르 푸르르 소리를 냈기 때문에 아무도 그녀의 선의를 의심할 수 없었다. 당나귀 벤저민 영감은 대반란 후로도 전혀 변하지 않은 듯했다. 존스 시절에 그랬던 것처럼 느리고 고집불통이었다. 게으름을 피우지도 않았지만 일을 더 하겠다고 자원하는 경우도 전혀 없었다. 대반란과 그 결과에 대해서도 아무런 의견을 피력하지 않았다. 존스가 없으니 더 행복하지 않냐는 물음에 그는 단지 "당나귀는 수명이 길지. 자네들은 아무도 죽은 당나귀를 보지 못했잖아"라고만 대꾸했고, 동물들은 이 알쏭달쏭한 대답에 만족해야 했다.

일요일에는 일이 없었다. 아침은 평소보다 한 시간 늦게 먹었고, 식사 후에는 매주 일정한 의식이 거행되었다. 먼저 깃발 게양식이 있었다. 스노볼이 마구 보관실에서 존스 부인의 오래된 녹색 식탁보를 발견해 거기에 흰색으로 발굽 하나와 뿔 하나를 그려 넣어 만든 깃발이었다. 이 기가 일요일 아침마다 본채 앞뜰에 있는 깃대에 걸렸다. 기의 녹색은 영국의 푸른 논밭을 상징하고 발굽과 뿔은 마침내 인류가 타도되었을 때 생겨날 미래의 '동물 공화국'을 나타낸다고 스노볼은 설명했다. 게양식이 끝나면 동물들은 전부 큰 헛간으로 우르르 몰려가 '대회의'라 불리는 총회에 참석했다. 여기서 다음 주 계획을 세우고 결의안을 상정하고 토의했다. 결의안을 상정하는 동물은 항상 돼지였다. 그 외의 동물들은 투표할 줄은 알았지만 자신들만의 결의안을 전혀 생각해낼 줄 몰랐다. 토의할 때는 스노볼과 나폴레옹이 단연 가장 활발했다. 그러나 동물들은 이들 사이에 의견 일치가 이루어진 적이 없다는 사실을 알아차렸고 둘 중 누가 어떤 제안을 하면 다른 하나는 반드시 이에 반대하리라고 예측할 수 있었다. 과수원 뒤의 작은 방목장을 은퇴한 동물들의 안식처로 떼어두자는 결의가 채택되었을 때에도 각 동물의 종류별 적정 은퇴 연령을 놓고 격렬한 토론이 벌어졌다. 대회의는 항상 〈영국의 짐승들〉 제창으로 끝났고, 오후는 오락 활동에 할애되었다.

돼지들은 자기들 본부로 마구실을 확보했다. 그들은 본채에서 가져온 책을 가지고 매일 저녁 이곳에서 대장간 일과 목공 일 외에도 다른 필요한 기술들을 연구했다. 스노볼은 또한 다른 종류의 동물들을 모아 동물 위원회를 편성하는 일로 바빴다. 그는 이 일에는 지칠 줄을 몰랐다. 암탉에게는 '달걀 생산 위원회', 젖소에게는 '청결

한 꼬리 연맹', '들짐승 동지 재교육 위원회'(이 위원회의 목적은 쥐와 토끼를 길들이는 것이었다), 양에게는 '더 하얀 양털 운동' 등 여러 다양한 위원회를 조직해주었다. 읽기와 쓰기 강좌도 개설했다. 그러나 이 모든 계획들은 대체로 실패했다. 가령 들짐승들을 길들이려는 시도는 거의 시작하자마자 실패로 돌아갔다. 들짐승들은 계속 예전과 다름없이 행동했으며, 너그러운 대우를 받으면 그것을 이용하기만 할 뿐이었다. 고양이는 '재교육 위원회'에 가입해 얼마간 매우 적극적으로 활동했다. 하루는 고양이가 지붕 위에 올라앉아 앞발이 미치지 못하는 곳에 앉아 있는 참새들에게 이야기를 건네는 모습이 보이기도 했다. 고양이는 모든 동물은 이제 서로 동지이니 참새들도 원하면 언제든 내려와 자신의 발 위에 앉을 수 있다고 말하고 있었지만, 참새들은 가까이 오지 않았다.

그러나 읽기와 쓰기 강좌만큼은 꽤 성공을 거두었다. 가을이 되었을 무렵에는 거의 모든 농장 동물들이 어느 정도 읽고 쓸 줄 알게 되었다.

돼지들은 어떤가 하면, 그들은 이미 완벽하게 읽고 쓸 줄 알았다. 개들도 어지간히 잘 읽게 되었지만 7계명 외에는 글 읽기에 흥미가 없었다. 염소 뮤리얼은 개들보다 약간 더 잘 읽을 줄 알아서 저녁 시간이면 쓰레기 더미에서 주워 온 신문 조각들을 딴 동물들에게 읽어주곤 했다. 벤저민은 어느 돼지 못잖게 글을 읽을 줄 알면서도 자신의 능력을 전혀 발휘하지 않았다. 자기가 아는 한, 읽을 가치가 있는 것은 하나도 없다는 것이었다. 클로버의 경우 알파벳은 전부 깨우쳤지만 단어를 조합하지 못했다. 복서는 D 이상 나아가지 못했다. 거대한 발굽으로 흙바닥에 A, B, C, D를 그린 뒤 귀를 쫑긋 뒤로 젖히고 때로는 이마 갈기를 흔들기도 하면서 그 글자들에 시선을 고정한 채 다음 글자를 생각해내려 안간힘을 썼으나 번번이 실패했다. 사실 여러 차례 E, F, G, H를 배우긴 했지만, 그 글자들을 깨우쳤다 싶으면 이번엔 A, B, C, D를 잊어버렸다. 그는 결국 첫 네 글자로 만족하기로 하고 기억을 되새기기 위해 매일 한두 번씩 발로 써보았다. 몰리는 자신의 이름 철자 외에는 아무것도 배우려 하지 않았다. 잔가지를 가지런히 정렬해서 자신의 이름을 만들고 꽃 한두 송이로 장식한 뒤 그것을 황홀히 바라보며 주위를 빙빙 돌곤 했다.

그 외에 다른 동물들은 아무도 A에서 더 나아가지 못했다. 또한 양과 암탉, 오리처럼 우둔한 동물들은 7계명도 외우지 못하는 것으로 드러났다. 스노볼은 오랜 고민 끝에 7계명은 사실 단 하나의 금언 즉 "네 다리는 선, 두 다리는 악"이라는 말로 축약될 수 있다고 선언했다. 그 안에 동물주의의 기본 원리가 담겨 있다는 얘기였다. 이를 완전히 이해하는 동물은 누구든 인간의 영향을 받지 않을 것이라고도 했다. 새들은 자신들 또한 두 다리 부류에 속한 듯했기에 처음에는 반감을 가졌다. 그러나 스노볼이 그렇지 않다는 것을 입증해주었다.

"새의 날개는 말이오, 동무들, 추진 기관이지 조작 기관이 아니오. 그러니 다리로 간주되어 마땅하오. 손은 인간을 구별 짓는 특징이자 모든 해악의 도구요."

새들은 스노볼이 쓰는 어려운 말들은 이해하지 못했으나 그의 설명을 받아들였고, 모든 열등한 동물들은 이 새로운 금언을 외우기 시작했다. '네 다리는 선, 두 다리는 악'이라는 글귀가 헛간 한쪽 끝 외벽의 7계명 위에 더 크게 쓰였다. 양들은 이 금언을 익히더니 매우 좋아하게 되었고, 들판에 엎드려 있을 때면 종종 모두 함께 "네 다리는 선, 두 다리는 악! 네 다리는 선, 두 다리는 악!"을 매애매애 외우기 시작해 몇 시간이고 지침 없이 이어가곤 했다.

나폴레옹은 스노볼이 만든 위원회에 관심이 없었다. 그는 다 큰 동물들을 위해 할 수 있는 어떤 일보다 새끼들 교육이 중요하다고 했다. 마침 건초 수확 후 얼마 안 되어 제시와 블루벨이 모두 합쳐 아홉 마리의 튼튼한 강아지를 낳았다. 나폴레옹은 새끼들이 젖을 떼자마자 자기가 책임지고 교육시키겠다며 그들을 어미들에게서 빼앗아 갔다. 그는 마구실에서 사다리를 타고 올라가야만 하는 다락에 강아지들을 데려가 얼마나 꼭꼭 격리시켰는지 농장 동물들은 곧 그들의 존재를 잊었다.

우유의 행방에 대한 수수께끼는 오래지 않아 풀렸다. 그것은 매일매일 돼지 사료에 섞였다. 바야흐로 조생 사과가 익어가고 과수원 풀밭에는 바람에 떨어진 과일들이 널렸다. 동물들은 당연히 그 사과들을 공평하게 분배받으리라 생각했다. 하지만 어느 날, 바람에 떨어진 과일들을 채집해서 마구실의 돼지들에게로 가져오라는 명령이 내려졌다. 이에 다른 동물들이 불평했으나 아무런 소용이 없었다. 이 점에 관하여 모든 돼지들은, 더 정확히 말하자면 스노볼과 나폴레옹은 완전한 의견의 일치를 이루었다. 그들은 스퀼러를 파견해 필요한 해명을 하게 했다.

"동무들! 혹시 우리 돼지들이 이기심과 특권 의식에서 이런다고 짐작하는 건 아니겠죠? 우리 돼지들도 사실 다수는 우유와 사과를 싫어합니다. 나도 싫어요. 우리가 이런 걸 먹는 목적은 건강을 유지하기 위해서일 뿐이에요. 우유와 사과는 돼지의 후생 복지에 절대적으로 필요한 물질을 함유하고 있죠(이는 과학으로 입증된 사실입니다, 동무들). 우리 돼지들은 두뇌 노동자들이에요. 이 농장 전체를 경영하고 조직하는 일이 우리에게 달려 있잖아요. 우리는 낮이나 밤이나 여러분의 복지를 보살피고 있어요. 우리가 우유를 마시고 사과를 먹는 건 바로 여러분을 위한 일이란 말입니다. 여러분, 우리 돼지들이 본분을 게을리하면 어떤 일이 일어날까요? 존스가 돌아올 거예요! 그래요, 존스가 돌아올 거란 말입니다! 설마 싶어 하는 말이오만, 동무들," 스퀼러는 다리를 한 쪽씩 떼면서 양옆으로 건들거리기도 하고 꼬리를 흔들며 애원하다시피 외쳤다. "설마 여러분 가운데 존스가 돌아오는 걸 보고 싶어 하는 동무는 없겠죠?"

동물들이 전적으로 확신하는 것이 하나 있다면 그것은 존스의 귀환을 원치 않는다는 사실이었다. 이런 관점에서 해명이 주어지고 보니, 더 이상 할 말이 없었다. 돼지들의 건강을 지키는 일의 중요성이 너무나 명백했다. 결국 동물들은 더 이상 왈가불가하지 않고 우유와 바람에 떨어진 사과는(주된 수확기의 잘 익은 사과들도) 오로지 돼지들을 위한 것이라는 데 의견의 일치를 보았다.

4

여름이 끝나갈 무렵 동물농장에서 일어난 일에 대한 소식이 그 주의 많은 지역에 알려졌다. 스노볼과 나폴레옹은 매일 지령을 내려 여러 조의 비둘기 떼를 파견했다. 이웃 농장들의 동물들과 어울리며 대반란 이야기를 들려주고 〈영국의 짐승들〉 곡조를 가르치라는 것이었다.

이즈음 존스 씨는 윌링던에 있는 술집 붉은 사자의 바에 앉아 얘기를 들어주는 사람이면 아무나 붙잡고 아무짝에도 쓸모없는 한 떼의 동물들에 의해 자신의 소유지에서 쫓겨나게 된 어처구니없고 부당한 사연에 대해 하소연하며 대부분의 시간을 보냈다. 다른 농부들은 대체적인 사정에는 동정했으나 처음엔 그에게 그리 큰 도움을 주지 않았다. 저마다 마음속으로 존스의 불운이 자기들에게 이익이 될 길은 없을까 생각할 뿐이었다. 동물농장에 인접한 두 농장 주인들 사이가 돌이킬 수 없을 정도로 나빴던 게 그로서는 다행한 일이었다. 하나는 '폭스우드'라는 큰 규모의 구식 농장인데, 삼림이 무성해져 농지의 상당 부분을 뒤덮었고 목초지들은 피폐했으며, 산울타리의 상태는 보기 흉할 지경이었다. 농장 주인 필킹턴 씨는 취미 삼아 농사를 짓는 태평스러운 지주로 계절에 따라 낚시나 사냥으로 대부분의 시간을 보냈다. 다른 하나는 '핀치필드'라는 농장으로 폭스우드보다 작지만 잘 관리되고 있었다. 이곳의 주인 프레더릭 씨는 억세고 약삭빠른 사람이라 송사가 끊이질 않았고, 흥정에 빡빡하게 군다고 알려져 있었다. 이들은 심지어 자신들의 이익을 지키는 일에도 합의에 이르기 힘들 정도로 서로를 몹시 싫어했다.

그럼에도, 동물농장의 반란에 대해서는 똑같이 잔뜩 겁을 집어먹고 자기네 농장의 동물들이 그 일에 대해 너무 많은 것을 알지 못하게 하려고 전전긍긍했다. 그들은 처음엔 동물들이 독자적으로 농장을 경영한다는 생각을 경멸하기 위해 짐짓 웃는 체했다. 그들은 그 모든 상황이 두 주면 종료되리라고 했다. 또한 장원농장의 동물들이 자기들끼리 끊임없이 싸우고 있을 뿐 아니라 빠르게 굶어 죽고 있다는 소문을 퍼뜨렸다(그들은 한사코 그곳을 '장원농장'이라 불렀다. '동물농장'이라는 명칭을 참을 수가 없었다). 시간이 흘러 동물들이 굶어 죽지 않았음이 분명해지자, 프레더릭과 필킹턴은 태도를 바꾸어 동물농장에서 벌어지고 있는 가공할 패악에 대해 떠들어대기 시작했다. 그곳 동물들은 동족을 잡아먹고, 시뻘겋게 달군 편자로 서로를 고문하며, 암컷들을 공유한다는 소문이 퍼졌다. 그게 다 자연법칙에 대항한 결과라고 프레더릭과 필킹턴은 말했다.

그러나 아무도 그 소문들을 결코 있는 그대로 믿지 않았다. 인간을 쫓아내고 동물들 스스로가 자신들의 일을 관리하는 훌륭한 농장이 있다는 소문이 모호하고 왜곡된 형태로 계속 퍼지면서 반란의 물결이 그해 내내 시골 지역을 휩쓸었다. 늘 온순하던 황소들이 사납게 돌변하는가 하면, 양들은 산울타리를 쓰러뜨리고 토끼풀을 게걸스레 먹어치웠다. 젖소들은 우유 들통을 걷어찼고, 사냥말들은 장애물 넘기를 거부하고 등에 탄 사람들을 그 너머로 내동댕이쳤다. 무엇보다 〈영국의 짐승들〉이 곡조는 물론 노랫말까지 도처에 알려졌다. 이 노래는 놀라운 속도로 퍼져나갔다. 인간들은 이 노래를 들으며 그저 터무니없다고 생각하는 체하면서도 분노를 주체하지 못했다. 아무리 동물이라지만 어떻게 그런 가증스러운 쓰레기를 노래라고 부를 수 있는지 모르겠다고 그들은 말했다. 어떤 동물이든 이 노래를 부르다 들키면 그 자리에서 채찍을 맞았다. 그러나 노래를 억누를 수는 없었다. 대륙검은

지빠귀들이 산울타리에 앉아 이 노래를 휘파람 소리로 지저귀는가 하면, 느릅나무의 비둘기들은 구구거리며 노래를 불렀다. 이 노래는 대장간의 소음과 교회 종소리의 선율에 파고들었다. 노래를 들으면 인간들은 그 속에서 자신들에게 닥칠 파멸의 예언을 듣고 남몰래 떨었다.

10월 초 곡식이 추수되면서 낟가리가 쌓이고 일부는 탈곡까지 되었을 때 비둘기 한 떼가 빙 날아들더니 미친 듯 법석을 떨며 동물농장 마당에 내려앉았다. 존스와 그의 머슴들이 폭스우드와 핀치필드 농장의 머슴 대여섯 명까지 데리고 다섯 가로장 문으로 들어와 본채에 이르는 마찻길을 따라 올라오고 있다는 것이었다. 무리를 이끄는 존스 씨는 총을 들었고, 나머지는 모두 방망이를 쥔 채 행군하고 있었다. 농장을 탈환할 요량임이 분명했다.

이는 오래전부터 예측된 바여서 만반의 준비가 되어 있었다. 방어 작전은 본채에서 발견한 헌책으로 율리우스 카이사르의 군사작전을 공부한 스노볼이 총지휘했다. 그는 신속한 명령을 내렸고 동물들은 모두 2-3분 안에 배치되었다.

인간들이 농장 건물들에 가까워지자 스노볼이 공격을 개시했다. 총 서른다섯 마리의 비둘기가 사람들 머리 위로 똥을 투척했다. 사람들이 이에 대처하는 와중에 산울타리 뒤에 잠복해 있던 거위들이 뛰쳐나와 사람들의 종아리를 맹렬하게 쪼아댔다. 그러나 이는 약간의 혼란을 일으키기 위한 가벼운 전초전에 불과했기에 사람들은 몽둥이를 휘둘러 거위들을 쉽게 물리칠 수 있었다. 이윽고 스노볼은 2차 공격을 개시했다. 스노볼이 앞장서고 뮤리얼과 벤저민과 모든 양들이 돌진하여 사방에서 사람들을 발로 찌르고 머리로 들이받았다. 벤저민은 뒤돌아 작은 발굽으로 발길질을 해대기도 했다. 그러나 그들로선 이번에도 몽둥이를 들고 징 박은 부츠 신은 사람들을 상대하기가 너무 벅찼다. 갑자기 스노볼이 퇴각 신호로 소리를 꽥 지르자 모든 동물들은 뒤돌아 도망쳐 안마당 출입문 안으로 들어갔다.

사람들은 승리의 환호성을 올렸다. 상상했던 대로 패주하는 적을 보고 그들은 무질서하게 서둘러 뒤를 쫓았다. 바로 스노볼이 의도한 바였다. 그들이 안마당 깊숙이 들어오자마자 외양간에 매복해 있던 말 세 마리와 젖소 세 마리, 그리고 나머지 돼지들이 그들 뒤에서 나타나 퇴로를 차단했다. 이때 스노볼이 공격 신호를 하고 곧장 존스를 향해 돌진했다. 그가 다가오는 것을 본 존스는 총을 들어 발포했다. 산탄들이 스노볼의 등을 길게 스치며 줄같은 핏자국을 냈고 양 한 마리는 그 자리에서 죽었다. 스노볼은 한순간도 멈칫하지 않고 존스의 다리로 95킬로그램의 육중한 몸을 날렸다. 존스는 똥 더미 속으로 나가떨어지며 총을 놓치고 말았다. 그러나 무엇보다 오싹한 것은 복서가 종마처럼 뒷다리로 서서 거대한 징 달린 발굽으로 발길질을 하는 광경이었다. 폭스우드에서 온 외양간지기가 복서의 첫 발길질에 머리를 맞고 진창에 죽 뻗었다. 그 광경을 본 사람들 여럿이 몽둥이를 버리고 도망치려 했다. 그들은 공황 상태에 빠졌다. 그리고 동물들은 한데 뭉쳐 그들을 뒤쫓아 마당을 빙빙 돌고 있었다. 사람들은 뿔에 들이받히고 물리고 짓밟혔다. 각자의 방식으로 그들에게 앙갚음을 하지 않은 동물이 없었다. 지붕 위에 있던 고양이도 소 치는 머슴 어깨에 갑자기 뛰어내리더니 그의 목에 발톱을 박았고, 그는 오싹한 비명을 질렀다. 한순간 안마당에서 도망쳐 나갈 틈이 뚫리자 사람들은 잘됐다 싶어 얼른 달려 나가 큰길을 향하여 전속력으로 내뺐다. 그렇게, 침입한 지 5분도 안 되어 그들은 야유하는 거위들에게 끝까지 종아리를 쪼여가며 왔던 길로 굴욕적인 패주를 했다.

사람은 한 사람 외에는 전부 사라졌다. 복서는 마당 진창에 엎어져 있는 외양간지기 소년을 옆으로 돌려 뉘려고 앞발로 그의 옆구리를 건드리고 있었다. 소년은 꼼짝하지 않았다.

"죽었어. 그럴 의도는 아니었는데. 내 발굽에 편자가 박혀 있다는 걸 잊고 있었어. 고의가 아니었다는 걸 누가 믿겠어?"

"감상은 금물이오, 동무!" 스노볼이 소리쳤다. 그의 상처에서 여전히 피가 흐르고 있었다. "이건 어디까지나 전쟁이오. 좋은 인간이란 없소, 죽은 인간 외엔."

"난 아무도 죽이고 싶지 않아, 그게 인간이라도." 복서는 반복해 말했다. 그의 눈에 눈물이 그렁그렁했다.

"몰리는 어딨지?" 누군가가 외쳤다.

아닌 게 아니라 몰리가 보이지 않았다. 잠시 모두가 큰 불안에 휩싸였다. 사람들이 어찌어찌 그녀를 해쳤거나 심지어 잡아갔을지도 모른다는 우려가 일었다. 그러나 결국 몰리는 외양간 칸막이방에 숨어들어 구유의 건초에 머리를 처박은 모습으로 발견되었다. 총성이 울리자마자 도망쳤던 것이다. 몰리를 찾으러 갔던 동물들이 다시 돌아와 보니, 사실 기절했을 뿐이었던 그 외양간지기 소년은 이미 정신을 차려 달아나고 없었다.

미친 듯 흥분한 동물들은 다시 모여 저마다 자신의 전과를 열거하며 목청을 돋우었다. 곧 즉석에서 승전 축하연이 열렸다. 그들은 깃발을 올린 채 〈영국의 짐승들〉을 몇 번이나 부른 뒤, 전사한 양의 장례식을 엄숙하게 치러주고 그녀의 무덤에 산사나무를 심었다. 스노볼은 무덤 옆에서 행한 짧은 연설을 통해 모든 동물은 필요시 동물농장을 위해 목숨을 바칠 각오가 되어 있어야 함을 강조했다.

동물들은 만장일치로 무공훈장을 제정하기로 결정했다. 스노볼과 복서에게 '동물의 영웅, 1등 훈장'이 즉석에서 수여되었다. 이 놋쇠 메달은(그래봐야 마구실에서 찾은 낡은 놋쇠 장식이었지만) 일요일과 축일에 착용하게 될 것이었다. 그들은 또한 '동물의 영웅, 2등 훈장'을 제정해 죽은 양에게 추서했다.

이 전투에 어떤 이름을 붙일까 하는 문제를 놓고 긴 토론이 벌어졌다. 마침내 매복 습격을 한 곳의 이름을 따 '외양간 전투'라는 이름을 붙이기로 했다. 진창에서 존스 씨의 총이 발견되었고, 집 안에 탄약 비품이 있다는 사실이 알려졌다. 그들은 깃대 발치에 대포처럼 총을 세워두고 1년에 두 번, 즉 외양간 전투 기념일인 10월 12일과 대반란 기념일인 세례요한 축일에 축포를 쏘기로 결정했다.

5

겨울이 다가옴에 따라 몰리는 점점 더 골칫거리가 되었
다. 아침마다 일터에 늦게 나와 늦잠을 잤다고 변명했고,
늘 왕성한 식욕을 자랑하면서도 어딘지 모르게 몸이 아
프다고 호소했다. 그런가 하면 일하다 말고 온갖 핑계를
대고 빠져나가 식수 수조에 가서 수면에 비친 자기 모습
을 들여다보며 멍청히 서 있기 일쑤였다. 하지만 그보다
더 심각한 소문도 떠돌았다. 하루는 긴 꼬리를 살랑살랑
흔들면서 건초를 우물거리며 즐거운 듯이 마당을 거니는
몰리를 클로버가 한쪽으로 데려갔다.

"몰리, 할 말이 있는데, 아주 심각한 얘기야. 오늘 아침
네가 동물농장과 폭스우드 사이의 산울타리 너머로 고개
를 내밀고 있는 걸 봤어. 울타리 건너편에는 필킹턴 씨네

머슴 하나가 있던데. 멀리 있었지만 난 분명히 봤어. 그
사람은 너한테 무언가 이야기하고 있었고, 넌 그 사람이
네 콧등을 쓰다듬는데도 가만있더라. 무슨 생각으로 그
러는 거야, 몰리?"

"아냐, 안 쓰다듬었어! 난 가만있지 않았어! 그건 사실
이 아냐!" 몰리는 땅바닥을 차고 껑충껑충 뛰면서 외쳤다.

"몰리! 날 똑바로 봐. 너 나한테 맹세할 수 있어? 그 사
람이 네 콧등을 쓰다듬지 않았다고?"

"그건 사실이 아니라니까!" 몰리는 되풀이했지만 클로
버를 똑바로 쳐다보지도 못하고 즉시 줄행랑을 치더니
들판으로 질주했다.

어떤 생각이 클로버의 머릿속을 번뜩 스쳤다. 클로버
는 아무에게도 말하지 않고 몰리의 외양간으로 가서 밀
짚을 들춰보았다. 밀짚 아래 약간의 각설탕과 다양한 색
상의 리본이 여러 다발 감춰져 있었다.

사흘 뒤 몰리가 자취를 감췄다. 몇 주가 지나도록 행방
이 묘연했다. 그러던 중 비둘기들이 윌링던 반대편에서
몰리를 봤다고 보고했다. 빨간색과 검은색으로 단장한
멋진 이륜마차에 매여 어느 술집 앞에 있더랬다. 얼굴이
불그스레하고 뚱뚱한 어떤 사내가 그녀의 콧등을 쓰다
듬으면서 각설탕을 먹이고 있었는데, 체크무늬의 승마용
반바지에 각반을 찬 그는 술집 주인 같아 보이더라고 했
다. 몰리는 즐거워 보였다고 비둘기들은 말했다.

1월에 들어서자 날이 혹독하게 추워졌다. 땅이 쇠처럼 단단해 밭에서 할 수 있는 일이라곤 아무것도 없었다. 큰 헛간에서 많은 회의가 열렸고, 돼지들은 다가올 계절에 해야 할 일들을 계획하느라 바빴다. 돼지들의 결정은 다수결로 비준되어야 했으나, 다른 동물들은 그들이 자기들보다 더 영리하므로 모든 농장 정책 문제를 그들이 결정하는 것을 당연하게 받아들이게 되었다. 이 방식은 스노볼과 나폴레옹 간의 갈등만 없었다면 잘 운용되었을 것이다. 둘은 의견 충돌의 여지가 있는 곳마다 사사건건 부딪쳤다. 누구 하나가 보리 농사를 더 크게 짓자고 제안하면 다른 한쪽은 반드시 반대하고 귀리 농사를 더 크게 지을 것을 요구했다. 누구 하나가 이런저런 밭이 양배추 농사에 안성맞춤이라고 하면 다른 한쪽은 그 밭이 뿌리채소 외에는 아무짝에도 쓸모없다고 부르짖기 일쑤였다. 어느 쪽이고 각기 추종자들을 거느리고 있어서, 그들 사이에 과격한 논쟁이 벌어지기도 했다. 대회의에서는 대개 스노볼이 훌륭한 연설로 다수를 설득하는 데 반하여 나폴레옹은 대회의 전후에 동물들 하나하나의 지지를 얻는 일에 더 능했다. 나폴레옹은 특히 양들과 잘 지냈다. 최근 양들은 자나 깨나 습관적으로 "네 다리는 선, 두 다리는 악"이라는 구호를 매애매애 불렀고, 이 때문에 대회의가 자주 중단되었다. 특히 양들이 스노볼의 연설 중 중요한 대목에 이를 때마다 툭하면 "네 다리는 선, 두 다리는 악"이라고 소리를 지르곤 한다는 것을 동물들은 알아차렸다. 스노볼은 집 안에서 찾은 《농부와 목축업자》과 월 호를 면밀히 학습하고 혁신과 진보를 위한 계획으로 머릿속이 꽉 차 있었다. 그는 배수용 토관과 사일리지, 염기성 슬래그에 관하여 학구적으로 설명하고, 달구지로 거름을 나르는 수고를 덜기 위하여 모든 동물들에게 밭에다 똥을 싸되 매일 옮겨가며 다른 곳에 싸도록 하는 복잡한 안을 내놓았다. 나폴레옹은 스노볼의 안은 수포로 돌아갈 것이라고 조용히 말할 뿐 어떤 안도 내놓지 않았다. 그저 자신의 때가 오기만을 기다리는 듯했다. 하지만 그들의 모든 분쟁 가운데 풍차를 놓고 벌인 것만큼 신랄한 것은 없었다.

농장 건물에서 멀지 않은 길쭉한 목초지에는 농장 전체에서 가장 높은 작은 언덕이 있었다. 스노볼은 그 터를 살펴보고 풍차를 세우기에 딱 알맞은 곳이라고 발표했다. 그러면 발전기를 돌려 농장에 전력을 공급할 수 있으리라는 것이었다. 외양간에 불빛을 밝히는 것은 물론 겨울을 따뜻하게 보낼 수도 있을 것이며, 둥근톱이며 짚을 써는 작두, 사탕무 슬라이서, 전동 착유기도 쓸 수 있으리라고 그는 말했다. 동물들로서는 들어본 적도 없는 얘기였다(이 농장은 구식 농장이라 지극히 원시적인 기계밖에 없었기 때문이다). 그들은 자기들이 들판에서 한가로이 풀을 뜯거나 독서와 대화로 정신을 함양하는 동안 대신 일을 해줄 환상적인 기계들을 떠올리게 하는 스노볼의 말에 귀를 기울이며 놀라워했다.

스노볼은 풍차 건설 계획을 몇 주 만에 완전히 세웠다. 기계장치의 세부 정보는 대부분 존스 씨의 책 세 권, 즉 『1000가지 유용한 주택 개선책』과 『내 손으로 벽돌 쌓기』, 『초보자를 위한 전기』에서 나왔다. 스노볼은 부화실로 쓰던 헛간을 연구실로 사용했다. 나무 바닥이 매끈해서 도면을 그리기에 적합했다. 그는 한번 들어가면 몇 시간이고 그 안에 틀어박혔다. 책들을 펴서 덮이지 않게 돌로 눌러놓고는 발굽 틈에 분필을 끼운 채 이리저리 민첩하게 움직이면서 선 하나하나를 그려나가다가 흥흥거리는 흥분된 소리를 내기도 했다. 그의 계획은 점차 크랭크와 톱니바퀴가 모여 어우러진 복잡한 장치로 발전하여 바닥의 절반 이상을 차지하는 설계도가 되었다. 다른 동물들은 그게 무엇인지 전혀 알 수 없었지만 어쨌든 깊은 감명을 받았다. 모두 적어도 하루에 한 번은 스노볼의 그림을 보러 그곳에 들렀다. 암탉들과 오리들은 분필로 그린 표시들을 밟을까 봐 노심초사했다. 오직 나폴레옹만 냉담했다. 그는 처음부터 풍차 건설에 반대 의견을 표명해온 터였다. 그런 그가 어느 날 불쑥 들이닥쳐 설계도를 살펴보았다. 무거운 걸음으로 헛간 안을 돌며 설계도의 면면을 자세히 들여다보기도 하고, 한두 번은 그림에 코를 대고 킁킁 냄새를 맡기도 했다. 그러더니 설계도를 곁

눈으로 보며 잠시 가만히 서 있다가 갑자기 한쪽 다리를 쳐들어 그 위에 오줌을 누고는 한마디 말도 없이 나가버렸다.

풍차 문제를 놓고 농장 전체가 심각하게 분열되었다. 스노볼은 풍차를 짓는 일이 어려우리라는 점을 부인하지 않았다. 돌을 날라다 벽을 쌓아야 하고, 풍차 날개도 만들어야 하며, 그런 다음에는 발전기와 전선이 필요할 터였다. (그것들을 어떻게 조달할지에 대한 언급은 없었다.) 하지만 그는 모든 작업을 1년 안에 끝낼 수 있다고 주장했다. 그 후로는 주에 사흘만 일하면 될 정도로 많은 노동력을 절약할 수 있다고 발표했다. 한편 나폴레옹은 당장 가장 시급한 일은 식량 생산의 증대이며 풍차 건설에 시간을 허비하다가는 모두 굶어 죽으리라고 주장했다. 동물들은 "스노볼과 주 사흘 노동에 한 표를"과 "나폴레옹과 넘치는 여물통에 한 표를"이라는 구호 아래 두 파로 나뉘었다. 벤저민은 어느 쪽도 지지하지 않았다. 그는 식량이 더 풍부해지리란 말도, 풍차로 노동량을 덜 수 있다는 말도 믿지 않았다. 풍차가 있든 없든 삶은 항상 그래왔던 것처럼 계속 고달플 것이라고 그는 말했다.

풍차와 관련한 분쟁 말고도 농장 방어라는 문제가 있었다. 인간이 외양간 전투에서 패했다고는 하나 다시금 농장을 탈환하고 존스 씨의 복귀를 꾀하려는 단호한 시도가 있을지 모른다는 자각이 팽배해 있었다. 인간이 패주했다는 소문이 온 시골 동네에 퍼지고 인근 농장들의 동물들이 어느 때보다 들떠 있던 만큼 지극히 합리적인 추측이었다. 늘 그렇듯 스노볼과 나폴레옹은 의견이 서로 달랐다. 나폴레옹은 동물들이 해야 할 일은 화기를 확보하고 사용법을 익히는 것이라 했고, 스노볼은 비둘기들을 더 많이 내보내 다른 농장 동물들을 선동하여 반란을 일으키도록 해야 한다고 했다. 나폴레옹은 방위 태세를 갖추지 못하면 정복당할 수밖에 없다고 했고, 스노볼은 도처에서 반란이 일어나면 동물농장이 방위 태세를 갖출 필요가 없으리라고 주장했다. 동물들은 처음엔 나폴레옹 말을 들었으나 금방 스노볼의 주장이 솔깃하게 들렸고, 결국 어느 쪽이 옳은지 마음을 정할 수가 없었다. 아닌 게 아니라, 그들은 늘 그때그때 누가 말하느냐에 따라 생각이 바뀌곤 했다.

마침내 스노볼의 설계도가 완성되었다. 그 주 일요일 대회의에서 풍차의 시공 여부가 표결에 부쳐졌다. 모두 큰 헛간에 했을 때 스노볼이 일어나 이따금 양들의 매애매애 소리에 방해를 받으면서도 풍차 건축을 지지해야 할 이유를 설명했다. 이번에는 나폴레옹이 일어나 응답했다. 그는 풍차 어쩌고 하는 건 허튼소리이니 지지하지 말라고 조용조용 말하고는 금방 도로 앉았다. 겨우 30초 동안 발언했고, 자기 말이 어떤 영향을 미치는지에 대해서는 거의 관심이 없는 듯했다. 이에 스노볼이 벌떡 일어나 다시 매애매애 소리를 내기 시작한 양들을 큰 소리로 조용히 시키고 풍차 건축을 찬성해달라며 열변을 토했다. 이때까지 누구를 지지해야 할지 반반 나뉘어 갈팡질팡하던 동물들은 순식간에 스노볼의 웅변에 넋을 잃었다. 그는 동물들이 추악한 노동을 덜게 되었을 때의 동물농장을 생생한 말로 묘사했다. 어느새 그의 상상은 짚을 써는 작두나 순무 슬라이서를 뛰어넘어 멀리 나아가 있었다. 전기가 있으면 외양간 칸마다 전깃불이 들어오고 온수와 냉수가 나오고 전기 난방기를 놓을 수 있을 뿐 아니라, 그걸로 탈곡기와 쟁기, 써레, 땅 고르는 기계, 수확 기계, 단 묶는 기계도 작동시킬 수 있다는 것이었다. 그의 연설이 끝났을 땐 표가 누구에게 갈 것인지가 분명해졌다. 그런데 바로 그 순간 나폴레옹이 일어나 스노볼에게 묘한 시선을 던지더니 아무도 그에게서 들어본 적 없는 고성으로 킹킹거리는 소리를 냈다.

그러자 밖에서 소름 끼치게 으르렁거리는 소리가 들리더니 놋쇠 징이 박힌 목줄을 한 거대한 개 아홉 마리가 뛰어 들어왔다. 그들은 곧장 스노볼에게 달려갔다. 그는 휙 움직여 개들이 물려고 벌린 입을 가까스로 피했다. 스노볼이 순식간에 헛간 밖으로 도망쳐 나갔고 개들은 그의 뒤를 쫓았다. 다른 동물들은 너무 놀라고 겁에 질린 나머지 입도 열지 못한 채 문밖으로 몰려 나가 그 추격전을 구경했다. 스노볼은 도로로 통하는 긴 목초지를 가로

질러 뛰었다. 돼지만이 낼 수 있는 속력으로 힘껏 달음질을 쳤지만 개들은 그 뒤를 빠짝 따라붙었다. 갑자기 스노볼이 미끄러져 넘어졌고, 개들에게 잡힐 게 확실해 보였으나 스노볼은 금방 다시 일어나 더 빨리 달렸고 개들은 다시 그를 따라잡았다. 한 마리에게 꼬리가 물릴 듯 말 듯 하다 스노볼은 꼬리를 흔들어 가까스로 피했다. 다시금 역주했고 개보다 몇 치 앞서 산울타리 틈으로 미끄러져 들어가 종적을 감추었다.

동물들은 겁에 질려 말없이 천천히 헛간으로 들어왔다. 개들도 곧 뛰어 돌아왔다. 처음엔 아무도 그들이 어디서 온 짐승들인지 짐작하지 못했으나 이 의문은 곧 풀렸다. 그들은 새끼였을 때 나폴레옹이 어미들에게서 빼앗아다 은밀히 키운 개들로, 아직 다 자라지 않았는데도 몸집이 거대하고 늑대처럼 사나워 보였다. 개들은 나폴레옹 곁을 떠나지 않았다. 그들이 존스 씨에 그랬던 다른 개들처럼 나폴레옹에게 꼬리를 흔드는 것을 알아차렸다.

나폴레옹은 메이저가 연설할 때 섰던 높인 연단으로 올라갔고 개들이 그 뒤를 따랐다. 그는 일요 대회의는 이제 폐지될 것이라고 공표했다. 그런 회의는 불필요하고 시간 낭비라는 얘기였다. 앞으로 농장 운용과 관련된 모든 문제는 그의 주재하에 돼지들로 구성된 특별 위원회에서 결정할 것이라고 그는 말했다. 자기들이 비공식 회합을 가지고 사안을 결정하여 전체 통보하겠다는 것이었다. 그는 또 모든 동물은 여전히 일요일 아침에 집합해 동물농장 깃발에 경례를 하고 〈영국의 짐승들〉을 부른 뒤 그 주에 할 일에 대한 명령을 받되, 토론은 더 이상 없을 것이라고 했다.

동물들은 스노볼의 추방에 따른 충격이 채 가시지 않은 상황에서 나폴레옹의 발표를 듣고 당황하여 어쩔 줄을 몰랐다. 그들 중 몇몇은 적절한 논거를 찾을 수 있었다면 항의를 했을 것이다. 복서마저 막연한 불안감을 느꼈다. 그는 귀를 바짝 젖히고 이마의 갈기를 몇 차례 흔들며 생각을 정리하려고 무진 애를 썼지만 결국 아무런 말도 생각해내지 못했다. 그러나 돼지들 가운데 일부는 자신들의 생각을 분명히 표현했다. 앞줄에 앉아 있던 청년 비육돈 넷이 깩깩 날카로운 소리로 불만을 드러내더니 벌떡 일어나 한꺼번에 떠들기 시작했다. 하지만 나폴레옹 주위에 앉아 있던 개들이 나직이 위협적으로 으르렁거리자 청년 비육돈들은 입을 다물고 도로 자리에 앉았다. 이때 양들이 굉장한 소리로 일제히 "네 다리는 선, 두 다리는 악!"을 매애매애 외치기 시작해 거의 15분 동안 멈추지 않음으로써 토론의 여지를 원천적으로 종식시켰다.

회의가 끝나자 스퀼러는 나머지 동물 모두에게 새 제도에 대해 설명하라는 심부름을 받고 농장을 두루 돌며 이렇게 말했다.

"동무들, 이 농장의 동물들은 모두 나폴레옹 동지가 이 별도의 수고를 스스로 감당함으로써 치르는 희생을 고맙게 여기길 바랍니다. 동무들, 지도자의 일이 즐거우리라는 건 상상도 하지 마시오! 오히려 그건 중대한 중책이오. 나폴레옹 동지는 모든 동물은 평등하다는 걸 누구보다 굳게 믿습니다. 그래서 그는 기꺼이 여러분 스스로 결정을 내리게 하고 싶어 해요. 하지만 여러분은 그릇된 결정을 내리기도 할 텐데 그러면 우리는 어떻게 되겠소? 가령 여러분이 풍차 같은 허황된 생각이나 하는 스노볼을 따르기로 결정했다면 어떨까 생각해 보시오. 우리가 이제 알듯이 스노볼은 범죄자나 다름없잖아요?"

"스노볼은 외양간 전투 때 용감히 싸웠잖아요." 누군가 말했다.

"용맹만으론 충분치 않아요." 스퀼러가 말했다. "충성과 복종이 더 중요합니다. 외양간 전투에 관해 말하자면, 언젠가는 스노볼의 역할이 많이 과장되었다는 걸 모두가 알게 될 것이오. 요는 규율이오, 동무들. 엄격한 규율! 오늘의 표어는 그거요. 까딱 잘못하다가는 적들이 우리를 덮칠 것이오. 설마 동무들은 존스가 돌아오길 바라는 건 아니겠죠?"

또다시 반박이 불가능한 논거였다. 물론 동물들은 존스가 돌아오길 바라지 않았다. 일요일 아침 토론 때문에 자칫 존스가 돌아올 수 있다면 토론을 그만두어야 함이

마땅했다. 얼마간 숙고의 시간을 가진 복서는 자신의 막연한 느낌을 이렇게 말로 표현했다. "나폴레옹 동지의 말이라면 틀림없이 옳을 거야." 그리고 이 순간부터 그는 "더 열심히 일하자"라는 개인적인 처세훈에 더하여 "나폴레옹은 항상 옳다"라는 좌우명을 채택했다.

이 무렵 날씨가 풀려 봄갈이가 시작되었다. 스노볼이 풍차 설계도를 그리던 부화용 헛간은 출입구가 봉쇄되었다. 바닥에 그려진 설계도도 당연히 지워진 것으로 추정되었다. 동물들은 매주 일요일 아침 9시면 큰 헛간에 집합하여 그 주에 할 일을 지시받았다. 깃대 발치의 나무 그루터기 위에는 과수원에서 파낸 메이저 영감의 해골이 소총과 나란히 놓여 있었다. 그것은 살점 하나 없이 깨끗했다. 게양식이 끝나면 헛간에 들어가기 전에 모두 한 줄로 예를 갖춰 그 해골 앞을 지나가야 했다. 이제 그들은 예전처럼 모두 함께 앉지 않았다. 나폴레옹은 스퀄러와 미니머스라는 또 다른 돼지를 대동하고 높은 연단에 앉았다. 미니머스는 노래와 시를 짓는 데 놀라운 재능을 가진 돼지였다. 청년 개 아홉 마리가 그들을 반원 모양으로 둘러쌌고, 그 뒤쪽에는 다른 돼지들이 앉았다. 나머지 동물들은 헛간의 중앙부에 그들을 마주 보고 앉았다. 나폴레옹이 군인처럼 우락부락한 어조로 그 주의 지시 사항을 읽으면 동물들은 〈영국의 짐승들〉을 한 번 부르고 해산했다.

스노볼이 추방된 뒤 세 번째로 돌아온 일요일, 동물들은 결국 풍차를 지어야 한다는 나폴레옹의 발표를 듣고 약간 놀랐다. 생각을 바꾼 이유에 대한 아무런 설명도 없이, 그는 이 별도의 사업에 중노동이 필요하며 식량 배급을 줄일 필요가 있을지도 모른다는 경고만 할 뿐이었다. 어쨌든 모든 계획이 이미 빈틈없이 세워져 있었다. 지난 3주 동안 돼지들의 특별 위원회가 그 작업을 해온 것이다. 다른 다양한 개선점들이 반영된 풍차의 건설에는 2년이 소요될 것으로 예상되었다.

그날 저녁 스퀼러는 다른 동물들에게 개인적으로 해명하기를, 사실 나폴레옹은 절대로 풍차에 반대하지 않았다고 했다. 반대는커녕 애초에 풍차 건설을 주창한 건 바로 나폴레옹이었고, 스노볼이 부화용 헛간 바닥에 그린 설계도도 나폴레옹이 가지고 있던 문서를 훔친 것이라고 했다. 풍차는 나폴레옹이 직접 고안해냈다는 이야기였다. 아니, 그런데 나폴레옹은 왜 그렇게 맹렬히 반대한 거요? 누군가 그렇게 묻자 스퀼러의 눈빛이 매우 음흉해 보였다. 그 모든 게 나폴레옹 동지의 계략이었다고 그는 대답했다. 성질이 험악하고 질이 안 좋은 스노볼을 제거하기 위한 계책의 일환으로 외견상 반대하는 입장을 취했다는 것이다. 이제 스노볼을 치워버렸으니 그의 방해를 받지 않고 원래의 계획을 추진할 수 있었다. 이런 게 소위 전술이라는 것이라고 스퀼러는 말했다. "전술이라는 말이오, 동무들, 전술!" 그는 꼬리를 흔들고 깡충깡충 뛰고 유쾌하게 웃으면서 몇 번이나 그 말을 되풀이했다. 동물들은 그게 무슨 뜻인지 확실히 알 수 없었지만 스퀄러가 워낙 구변 좋게 말하는 데다 그와 함께 온 개 세 마리가 아주 위협적으로 으르렁거리는 통에 더 이상 묻지 못하고 그의 해명을 받아들였다.

6

그해 일 년 내내 동물들은 노예처럼 일했다. 그러나 기쁘게 일했고, 노력과 희생을 전혀 아끼지 않았다. 모든 일은 자기들은 물론 자기들 종의 후대를 위한 것이지, 게으르고 도둑질하는 인간 패거리를 위한 게 아님을 잘 알기 때문이었다.

그들은 봄여름 내내 60시간씩 일했다. 그런데 8월이 되자 나폴레옹은 일요일 오후에도 일이 있으리라고 알렸다. 이 일은 엄격히 자유의사에 달렸지만, 참여하지 않는 동물들의 식량 배급은 절반으로 삭감할 것이라고 했다. 그렇게까지 했는데도 결국 어떤 일들은 불가피하게 미완성으로 남겨두어야 했다. 농작물 수확량은 전년에 비해 조금 떨어진 데다, 밭 두 마지기를 파종 시기에 맞추어 갈지 못한 탓에 초여름에 심었어야 할 근채류도 심지 못했다. 혹독한 겨울이 되리라는 예견이 가능했다.

풍차 건설은 예기치 못한 난관에 부딪쳤다. 농장 안에 풍부한 석회석을 보유한 채석장이 있고 한 부속 건물에서 충분한 모래와 시멘트가 발견되어 결과적으로 모든 건축 자재가 가까이에 있었다. 그러나 동물들이 처음에 해결하지 못한 문제는 어떻게 돌덩이를 작게 자르는가 하는 것이었다. 곡괭이와 쇠지레를 쓰지 않고서는 자를 방법이 없어 보였다. 하지만 뒷다리로 설 수 있는 동물은 없기 때문에 아무도 그런 연장을 사용하지 못했다. 몇 주 동안 헛된 시도를 한 끝에 결국 누군가 적절한 안을 생각해냈다. 즉 중력을 이용하자는 것이었다. 너무 커서 그대로는 쓸 수 없는 큰 바위들이 채석장 바닥에 널려 있었다. 동물들은 바위를 밧줄로 묶고, 밧줄을 잡을 수 있는 동물은 젖소든 말이든 양이든 모두가—가끔 중대한 국면에는 돼지들까지—합세하여 그것을 비탈 꼭대기까지 필사적으로 천천히 끌고 올라가 채석장 벼랑으로 떨어뜨려 박살을 냈다.

일단 박살 난 바위 조각들은 나르기가 상대적으로 간단했다. 말들은 그것들을 달구지에 잔뜩 실어 나르고 양들은 한 덩어리씩 끌어 날랐다. 뮤리얼과 벤저민은 낡은 이륜마차에 멍에를 연결해 그 나름의 몫을 담당했다. 늦여름쯤 충분한 양의 돌이 쌓였고 돼지들의 감독하에 건설이 시작되었다.

그러나 지지부진하고 힘든 과정이었다. 바위 하나를 채석장 꼭대기까지 끌어 올리는 일에 하루를 다 소비하고 진을 빼기 일쑤였다. 어떤 때는 채석장 벼랑으로 바위를 밀어 떨어뜨려도 바위가 깨지지 않았다. 복서가 없었더라면 아무 일도 되지 않았을 것이다. 그의 힘은 나머지 동물들의 힘을 모두 합한 것과 맞먹는 듯했다. 바위가 미끄러져 동물들까지 함께 끌려 내려가려고 하면 절망의 비명이 튀어나왔고, 그럴 때마다 복서가 혼신의 힘으로 밧줄을 당겨 바위를 정지시켰다. 장대한 옆구리가 땀범벅이 되어 발굽으로 땅을 후벼 파고 가쁜 숨을 몰아쉬면서 조금씩 느릿느릿 비탈을 오르는 그의 모습에 동물들은 탄복을 금치 못했다. 클로버가 간혹 그에게 너무 무리하지 말라고 충고했으나 복서는 그녀의 말을 들으려 하지 않았다. 그에게 "더 열심히 일하자!"와 "나폴레옹은 항상 옳다"라는 두 좌우명은 모든 문제에 대한 답으로 충분한 듯했다. 그는 어린 수탉에게 아침마다 30분이 아닌 45분 더 일찍 깨워달라고 부탁해두었다. 이즈음에는 그런 경우도 별로 없지만, 어쩌다 한가한 시간이 나도 그는 혼자 채석장에 가서 바위 조각들을 모아 신고 누구의 도움도 없이 풍차 건설 부지로 끌어 날랐다.

그해 여름을 지나는 동안 일은 고되었으나 형편은 궁핍하지 않았다. 존스 시절보다 식량 배급이 더 많지는 않앉을지언정 최소한 더 적지는 않았다. 낭비가 심한 인간 다섯을 부양할 필요도 없고 자기들만 먹고살면 된다는 이익이 워낙 커서 약속 불이행의 경우가 많아야 그 이익보다 중하게 여겨졌을 것이다. 게다가 동물들의 작업 방식은 다방면에서 더 능률적이라 노동이 절감되었다. 예를 들어 김매기 같은 일도 인간에게는 가능하지 않을 정도로 빈틈없이 해냈다. 그 밖에도 이제는 농작물을 훔치는 동물이 없기 때문에 목초지와 경작지 사이에 울타리가 필요치 않았고 이로써 산울타리와 문을 관리하는 일에 드는 많은 노동을 덜 수 있었다. 그런데도 여름이 끝나감에 따라 예기치 못한 결핍이 느껴지기 시작했다. 등유와 못, 끈, 개의 간식, 말발굽에 댈 편자 등 농장에서 생산할 수 없는 것들이 부족했다. 나중에는 각종 연장 외에도 씨앗과 인공 비료, 최종적으로는 풍차에 들어갈 기계도 필요할 터였다. 이런 것들을 조달할 방법에 대해서는 아무도 떠올릴 수 없었다.

어느 일요일 아침, 동물들이 지시를 받기 위하여 집합했을 때 나폴레옹은 새 정책을 결정했다고 알렸다. 이제부터 동물농장은 이웃 농장들과 거래를 하리라는 것이었다. 물론 영리 추구가 목적이 아니라 긴급히 필요한 특정 물자를 구하기 위해서일 뿐이었다. 풍차 건설에 필요한 물건이 다른 모든 것에 우선한다고 그는 말했다. 이에 따라 건초 한 더미와 금년 밀 수확량의 일부를 팔려고 준비

중이며, 나중에 돈이 더 필요해지면 윌링던에서 늘 수요가 있는 달걀을 팔아 충당해야 할 것이라고도 했다. 암탉들은 이 희생을 풍차 건설을 위한 특별한 기여로 반갑게 받아들여야 할 것이라고 나폴레옹은 말했다.

동물들은 다시금 막연한 불안감을 느꼈다. 인간과는 아무런 관계도 가지지 말 것, 매매에 관여하지 말 것, 돈을 이용하지 말 것. 존스를 추방하고 승리에 찬 첫 대회의에서 통과된 최초의 결의안에 그런 사항들이 포함되지 않았던가? 모두가 그런 결의안이 통과된 사실을 기억하고 있었다. 아니, 적어도 그렇게 기억하고 있다고 생각했다. 나폴레옹의 대회 폐지에 이의를 제기했던 청년 돼지 네 마리는 소심하게 불만을 표하다가 개들이 무시무시하게 으르렁거리는 소리에 곧바로 입을 닫았다. 그러자 늘 그러듯 양들이 "네 다리는 선, 두 다리는 악!"을 일제히 외쳤고, 잠깐 동안의 어색했던 분위기는 누그러졌다. 마침내 나폴레옹이 앞발을 들어 조용히 시키더니 자기가 이미 모든 주선을 해놓았다고 알렸다. 인간과 접촉하는 것은 분명히 매우 바람직하지 못한 일이므로 동물들은 누구도 그럴 필요가 없다고 했다. 자신이 그 모든 부담을 짊어질 생각이라는 것이었다. 또한 그는 윌링던에 사는 윔퍼 씨라는 사무 변호사가 이미 동물농장과 외부 세계 사이에서 중개인 역할을 해주기로 동의했으며, 매주 월요일 아침 나폴레옹 자신의 지시를 받으러 농장에 올 것이라고 했다. 나폴레옹은 평소대로 "동물농장 만세!"를 외치며 연설을 끝냈고, 동물들은 〈영국의 짐승들〉을 부른 뒤 해산했다.

그 후 스퀼러는 농장을 돌며 동물들의 마음을 진정시켰다. 그는 매매에 관여하지 않겠다거나 돈을 이용하지 않겠다는 결의가 통과된 적이 없고 제안된 적조차도 없다고 단언했다. 그것은 순전히 망상이며, 아마도 스노볼이 퍼뜨린 거짓말에서 시작되었으리라는 것이었다. 몇몇 동물이 여전히 막연한 의심을 품었으나 스퀼러는 약삭빠르게 이렇게 물었다. "동무들은 그게 꿈이 아니었다고 확신하오? 그런 결의안에 대한 기록을 가지고 있소? 어디에 기록해두었소?" 그런 기록이 없다는 건 틀림없는 사실이므로 동물들은 자기들이 착각했다고 믿었다.

윔퍼 씨는 정해진 대로 월요일마다 농장을 방문했다. 체구가 작고 교활해 보이는 외모에 구레나룻을 기른 윔퍼 씨는 사무 변호사로 주로 시시한 일이나 맡아 처리했으나, 동물농장에 중개인이 필요할 것이며 수수료를 생각하면 해볼 만한 가치가 있으리라는 점을 누구보다 먼저 깨달았을 정도로 약삭빠른 사람이었다. 동물들은 그가 오가는 것을 불안스럽게 쳐다보았으며, 최대한 그를 피했다. 그렇지만 네 다리로 선 채 두 다리로 서 있는 윔퍼에게 지시를 내리는 나폴레옹의 모습은 그들에게 자긍심을 안겨주었고 이로써 동물들은 이 새로운 협정을 어느 정도 받아들이게 되었다. 이즈음 동물과 인간의 관계는 더 전과 같지 않았다. 동물농장이 잘되고 있다고 해서 인간이 그곳을 덜 싫어하지는 않았다. 사실은 전보다 더 싫어했다. 인간들은 동물농장이 조만간 파산할 것이며 무엇보다 풍차는 실패작이 되리라는 믿음을 갖고 있었다. 그들은 술집에 모여 풍차가 틀림없이 무너질 거라고, 설령 무너지지 않는다 해도 절대로 작동하지 않을 거라고 그림까지 그려가며 서로에게 증명해 보였다. 그러면서도 그들은 본의 아니게 동물들의 능률적인 농장 운영 방식에 경의를 품었다. 그 징후의 하나는 그곳을 '동물농장'이라는 고유명으로 부르기 시작하면서 '장원농장'이라고 주장하지 않게 되었다는 것이다. 존스를 옹호하는 소리도 쑥 들어갔다. 존스가 농장을 되찾겠다는 희망을 버리고 그 주의 다른 지역에 가서 살겠다고 떠나버린 뒤였다. 윔퍼 외에 동물농장과 외부 세계를 잇는 끈은 아직 없었지만 나폴레옹이 폭스우드 농장의 필킹턴 씨나 핀치필드 농장의 프레더릭 씨와 확실한 거래 협약을 맺으려 한다는 소문이 끊임없이 돌았다. 그러나 동물들은 나폴레옹이 양측과 동시에 그러지는 않는다는 것을 알아차렸다.

이 무렵 돼지들이 돌연 농장 본채에 입주했다. 동물들은 다시 초창기에 가결된 결의안을 떠올리는 듯했지만, 이번에도 스퀼러가 그건 경우가 다르다며 다시금 그들을 납득시켰다. 돼지는 농장의 브레인이므로 조용히 일할 장소가 절대적으로 필요하다는 것이었다. 한낱 돼지우리보다는 본채에서 지내는 게 '지도자'의 위엄에 더 적합하다고도 했다(그는 최근 나폴레옹에게 '지도자'라는 칭호를 붙여 부르는 습관이 생겼다). 그러나 돼지들이 부엌에서 식사를 하고 거실을 오락실로 쓸 뿐만 아니라 침대에서 잠을 잔다는 소문을 들었을 때, 몇몇 동물들은 마음이 동요되었다. 복서는 늘 그랬듯이 "나폴레옹은 항상 옳다!"라는 말로 소문을 받아넘겼지만, 클로버는 자기가 기억하기에는 침대를 금하는 분명한 결정이 있었다고 생각하고 헛간 한쪽 끝으로 가서 그곳에 쓰여 있는 7계명의 뜻을 읽어내려 해보았다. 그러나 자신이 개별적인 철자밖에 읽을 줄 모른다는 걸 깨닫고 뮤리얼을 불러왔다.

"뮤리얼, 네 번째 계명을 읽어봐. 침대에서 자면 안 된다든다 하는 말 없어?"

뮤리얼은 어렵사리 한 자 한 자 읽었다.

"'어떤 동물이든 **시트가 깔린** 침대에서 자면 안 된다'라고 쓰여 있어." 뮤리얼이 마침내 알려주었다.

이상하게도 클로버의 기억에는 네 번째 계명에 시트에 대한 언급은 없었다. 그러나 벽에 그렇게 쓰여 있으니 원래 있었던 게 분명했다. 그때 마침 두세 마리의 개를 거느리고 그곳을 지나가던 스퀼러가 그 모든 문제를 바르게 볼 수 있게끔 설명해주었다.

"동무들도 우리 돼지들이 이제 본채의 침대에서 잔다

는 말을 들었다는 거죠? 그래서 안 될 게 뭐요? 설마 우리가 **침대**를 금하는 결정을 내린 적이 있다고 생각하는 건 아니겠죠? 침대란 잠을 자는 곳을 의미할 뿐이오. 외양간의 짚 더미도 사실은 침대요. 저 규칙은 인간의 발명품인 **시트**를 금하려고 정한 거요. 우리는 본채의 침대에서 시트를 전부 걷어내고 담요만 깔고 덮는 거요. 과연 침대가 아주 안락하기는 합디다! 하지만 동무들, 요즘 우리가 해야 하는 그 모든 정신노동을 생각하면 필요 이상으로 안락한 건 아니오. 동무들은 우리의 휴식을 빼앗고 싶은 건 아니겠죠? 우리가 너무 피곤해져서 임무를 수행하지 못하기를 바라는 건 아니겠죠? 설마 누구도 존스가 돌아오기를 바라는 건 아니겠죠?"

이에 대해 동물들은 곧바로 그를 안심시켰고, 돼지들이 본채 침대에서 자는 문제에 대해 더는 아무 말도 하지 않았다. 이어 며칠 후 돼지들은 다른 동물들보다 한 시간 늦게 일어날 것이라는 발표가 났을 때도 아무런 불평이 없었다.

가을 무렵 동물들은 피곤했지만 행복했다. 힘든 한 해를 보낸 데다 건초와 곡물 일부를 내다 판 터라 겨울에 먹을 비축 식량이 충분하지 않았지만, 풍차가 모든 것을 보상해주었다. 풍차는 이제 거의 절반쯤 완성되어 있었다. 추수 후 맑고 건조한 날씨가 계속되었고, 동물들은 어느 때보다 더 힘써 일했다. 풍차 벽을 한 자라도 더 올릴 수 있다면 온종일 무거운 발걸음으로 돌덩이들을 옮기는 것도 충분히 가치 있는 일이라고 생각했다. 복서는 밤에도 중추 만월 아래 혼자 나가 한두 시간씩 일하곤 했다. 동물들은 짬이 날 때마다 반쯤 지어진 풍차 방앗간 주위를 빙빙 돌고 튼튼한 수직 벽을 감탄스레 바라보며 자기들이 그렇게 당당한 무언가를 지을 수 있다는 사실에 놀라워했다. 벤저민 영감만이 열의를 보이지 않았다. 언제나처럼 당나귀는 수명이 길다는 아리송한 말 외에는 아무 말도 없었다.

11월이 맹렬한 남서풍을 몰고 왔다. 시멘트를 섞기에는 비가 너무 많이 내려 풍차 건설을 중단해야 했다. 급기야는 어느 날 밤 맹렬한 강풍이 불어닥쳐 농장 건물들의 기초가 흔들리고 헛간 지붕의 기와가 여러 장 떨어져 나갔다. 암탉들은 멀리서 총성이 울리는 꿈을 동시에 꾸고는 모두 공포에 질려 꼬꼬댁 울며 잠에서 깼다. 아침이 되어 동물들이 외양간에서 나와보니 깃대가 넘어가고 과수원의 느릅나무는 무처럼 뿌리째 뽑혀 있었다. 이어 모든 동물들의 목에서 절망 어린 비명이 터져 나왔다. 눈앞에 끔찍한 광경이 펼쳐졌다. 풍차가 무너진 것이었다.

그들은 일제히 그곳으로 달려갔다. 좀체 달리지 않던 나폴레옹이 그들 모두의 앞에서 달렸다. 과연 그랬다, 그들이 쏟은 모든 노고의 열매가 허물어져 기초만 남아 있었다. 그들이 그렇게 애를 써서 부수고 나른 돌들이 뿔

뿔이 흩어져 있었다. 처음엔 다들 아무 말도 하지 못하고 무너져 내린 돌 더미를 슬픈 얼굴로 물끄러미 바라보며 서 있었다. 나폴레옹은 말없이 앞뒤로 서성거리며 간혹 땅에 코를 대고 킁킁거렸다. 그의 경직된 꼬리가 좌우로 실룩실룩 움직였다. 온 신경을 집중해 생각하고 있다는 표시였다. 그러다가 무슨 결정을 내린 듯, 문득 동작을 멈추고 조용히 말을 꺼냈다.

"동무들, 이게 누구 짓인지 알겠소? 밤에 와서 우리 풍차를 무너뜨린 적이 누구인지 말이오. 바로 스노볼이오!" 그가 별안간 우레와 같은 목소리로 고함쳤다. "스노볼이 이런 짓을 벌인 거요! 이 반역자가 순전히 악의적으로 우리의 계획을 방해하고 자신의 굴욕적인 추방에 앙갚음을 하겠다는 생각에 야음을 틈타 몰래 기어 들어와서는 우리가 거의 1년 동안 일한 결과를 파괴한 거요. 동무들, 나는 지금 이 자리에서 스노볼에게 사형을 언도하는 바이오. 그에게 이에 상응하는 심판을 내리는 동물에게는 '동물의 영웅, 2등 훈장'과 사과 반 부셸을, 그를 산 채로 잡아오면 사과를 한 부셸 주겠소!"

다름 아닌 스노볼이 그런 엄청난 짓을 저지를 수 있었다는 사실에 동물들은 대단히 큰 충격을 받았다. 의분에 받친 외침이 들렸다. 이제 동물들은 언제라도 스노볼이 돌아올 경우 어떻게 하면 그를 잡을 수 있을까 궁리하기 시작했다. 이와 거의 동시에, 풍차 언덕으로부터 조금 떨어진 풀밭에서 돼지의 발자국이 발견되었다. 몇몇 흔적밖에 추적할 수 없었지만 발자국은 산울타리의 개구멍으로 이어지는 듯했다. 나폴레옹은 코를 댄 채 냄새를 깊이 들이마시고는 이것이 스노볼의 발자국이라고 단언했다. 그의 생각에는 스노볼이 아마도 폭스우드 농장 쪽에서 왔으리라는 것이었다.

"더는 지체할 수 없습니다, 동무들!" 나폴레옹이 발자국을 조사한 뒤 소리쳤다. "우리에겐 해야 할 일이 있어요. 오늘 아침 곧바로 풍차 건설을 다시 시작합시다. 비가 오든 해가 뜨든, 겨울 내내 풍차를 세웁시다. 그렇게 쉽게 우리의 일을 망쳐놓을 수 없다는 것을 이 파렴치한 반역자에게 가르쳐줍시다. 동무들, 우리의 계획에 어떤 변경도 있어서는 안 된다는 걸 기억하시오. 우리의 계획은 끝까지 수행될 겁니다. 동무들, 앞으로 갓! 풍차 만세! 동물농장 만세!"

7

혹독한 겨울이었다. 폭풍우가 지나가자 진눈깨비와 눈이 내렸다. 이렇게 시작된 혹한은 2월이 되고도 한참이나 지나서야 풀렸다. 외부 세계가 자신들을 지켜보고 있고 풍차 방앗간이 제때 세워지지 않으면 샘 많은 인간들이 기뻐하고 의기양양해할 것을 너무나 잘 알고 있었기에, 동물들은 풍차 재건축을 할 수 있는 한 꾸준히 이어나갔다.

인간들은 스노볼이 풍차를 파괴했다는 것을 심사가 뒤틀려 안 믿는 체했다. 벽이 너무 얄팍해서 풍차가 무너졌다는 것이었다. 이것이 사실이 아님을 동물들은 알고 있었다. 그럼에도, 45센티미터였던 벽의 두께를 이번에는 90센티미터로 늘려 세우기로 결정했다. 이에 따라 그들은 훨씬 더 많은 돌을 모아야 했다. 채석장에는 한참 동안 눈이 쌓여 있어서 아무것도 할 수 없었다. 뒤이어 서리가 내리는 건조한 날씨가 계속되었다. 약간의 진척이 있었으나 그것은 가혹한 작업이었고 동물들은 전과 같은 희망을 느낄 수 없었다. 늘 추운 데다 대개는 굶주리기까지 했다. 그래도 복서와 클로버만은 절대로 낙담하지 않았다. 스퀼러가 공헌의 기쁨과 노동의 존엄성에 관하여 훌륭한 연설을 하긴 했지만, 동물들은 복서의 힘과 "더 열심히 일하자!"는 한결같은 외침 소리에 더 큰 격려를 받았다.

1월에는 식량이 모자랐다. 곡물 배급량이 대폭 삭감되면서 이를 보충할 식량으로 더 많은 감자가 지급될 것이라는 발표가 있었다. 이어 그들은 짚을 충분히 덮지 않은 탓에 감자 수확량의 태반이 서리 해를 입었다는 사실을 알게 되었다. 감자는 물렁하고 변색되어 먹을 수 있는 게 몇 개밖에 없었다. 동물들은 몇 날씩 연속적으로 여물과 사탕무밖에 먹지 못했다. 이대로 가다간 굶어 죽을 게 확실했다.

이 사실이 외부 세계에 알려지지 않도록 은폐해야 할 필요가 절실했다. 풍차가 무너지자 기가 살아난 인간들은 동물농장에 대한 새로운 거짓말을 꾸며냈고 다시 소문이 돌았다. 동물들이 기근과 질병으로 죽어가고 저희들끼리 싸우다 서로 잡아먹고 새끼를 죽이는 지경에 이르렀다는 것이었다. 식량의 실정이 바깥에 알려지면 어편 안 좋은 일이 생길 수 있는지 잘 아는 나폴레옹은 윔퍼 씨를 이용해 실제와 정반대의 인상을 퍼뜨리기로 했다. 그때까지 다른 동물들은 매주 들르는 윔퍼와 거의 또는 접촉하는 일이 없었다. 나폴레옹은 양들을 위주로 몇몇 동물들을 선발해 윔퍼에게 들리는 곳으로 가서 식량 배급이 늘었다는 말을 무심코 하듯이 발설하라는 지시를 내렸다. 그리고 곡물 창고의 거의 텅 빈 저장 통들에 모래를 가득 넣고 그 위를 알곡과 곡물 가루로 덮으라는 지시를 추가했다. 어떤 적절한 핑계로 곡물 창고 안을 지나가도록 안내받은 윔퍼는 저장 통들을 홀깃 보게 되었다. 그들에게 속아 넘어간 윔퍼는 동물농장에 식량 부족은 없다고 외부 세계에 계속 알렸다.

그러나 1월이 끝나갈 무렵, 어디선가 곡물을 더 조달할 필요가 있게 되리란 것이 분명해졌다. 이즈음 나폴레옹은 좀처럼 다른 동물들에게 모습을 보이지 않고 문마다 사나워 보이는 개가 지키는 본채 안에서만 지냈다. 어쩌다 나타나더라도 의전을 갖추어 개 여섯 마리의 호위를 받았다. 개들은 그를 바싹 에워싸고 누가 가까이 접근하기라도 하면 으르렁댔다. 그는 일요일 아침에도 모습을 드러내지 않고 돼지들, 그중에서도 주로 스퀼러를 보내 지시를 내리는 일이 잦았다.

어느 일요일 아침 스퀼러는 다시 알을 낳으러 막 들어온 암탉들에게 달걀을 양도해야 한다고 알렸다. 나폴레옹이 윔퍼를 통해 매주 달걀 400개를 판매하겠다는 계약을 받아들인 것이었다. 여름이 되어 사정이 한결 나아질 때까지는 달걀 판매 대금으로 농장을 지탱할 충분한 알곡과 곡물 가루를 살 수 있으리라고 스퀄러는 말했다.

이 말은 들은 암탉들은 항의의 소리를 높였다. 이런 희생이 필요할지도 모른다는 경고를 일찍이 받은 바 있으나 그것이 현실이 되리라고는 생각하지 못했다. 그들은 각자 봄이 오면 한배에 품을 알들을 막 모으기 시작한 참이었고, 따라서 그 알들을 가져가는 건 살해 행위나 다름없다고 항변했다. 존스가 추방된 이후 처음으로 반란 비슷한 무언가가 벌어졌다. 검은 미노르카종 암컷 영계 셋의 주도하에 굳은 결의를 한 암탉들은 나폴레옹의 희망을 좌절시키려고 힘썼다. 그들은 서까래 위로 날아오른 뒤 그곳에서 알을 낳아 바닥으로 던져버리는 조직적 방식을 택했다. 이에 나폴레옹은 신속하고 잔인하게 대처했다. 그는 암탉들의 식량 배급을 중단할 것을 명하고, 그들에게 곡식을 한 톨이라도 주는 동물은 누구든 사형에 처하겠다고 선언했다. 개들이 그의 지시가 실행되도록 조처했다. 암탉들은 닷새를 버티다가 항복하고 둥지 상자로 돌아갔다. 그동안 암탉 아홉 마리가 죽었다. 그들의 시신은 과수원에 묻혔으며, 사인은 포자충병이라고 발표되었다. 윔퍼는 이 사건에 대해 아무것도 듣지 못했고, 달걀은 기일에 맞춰 전달되었다. 주에 한 번 식료품

장수가 마차를 몰고 농장에 들어와 달걀을 실어 갔다.

그러는 동안 스노볼은 줄곧 모습을 드러내지 않았다. 폭스우드나 핀치필드 같은 이웃 농장 어딘가에 숨어 있다는 소문만 돌 뿐이었다. 이즈음 나폴레옹과 다른 농부들의 관계는 전보다 약간 더 좋아져 있었다. 마침 마당에 목재 한 무더기가 있었는데, 10년 전 너도밤나무 숲을 개간했을 때 쌓아둔 것이었다. 윔퍼는 그 목재가 잘 말라있는 것을 보고 나폴레옹에게 그것을 팔라고 권했다. 필킹턴 씨와 프레더릭 씨가 그것을 몹시 사고 싶어 한다는 얘기였다. 나폴레옹은 둘 중 누구에게 팔지 마음을 정하지 못해 망설였다. 동물들은 프레더릭과 이야기가 잘되는가 싶으면 스노볼이 폭스우드에 숨어 있다고 발표되었고, 마음이 필킹턴 쪽으로 기울 때는 스노볼이 핀치필드에 있다는 말이 나온다는 것을 알아차렸다.

그러다 이른 봄이 되었을 때 갑자기 놀라운 일이 밝혀졌다. 스노볼이 밤마다 몰래 농장을 드나든다는 것이었다! 동물들은 너무 불안해서 잠을 잘 수 없었다. 그가 매일 야음을 틈타 몰래 기어 들어와서는 온갖 나쁜 짓을 저지른다는 말이 돌았다. 밀을 훔치고, 우유 통을 뒤엎고, 달걀을 깨뜨리고, 묘상을 짓밟고, 과일나무들의 껍질을 갉아놓는다고 했다. 무언가 잘못되면 스노볼을 탓하는 게 일상사가 되었다. 유리창이 깨지거나 하수구가 막히면 반드시 스노볼이 밤에 와서 그랬다는 말이 나왔다. 곡물 저장 창고의 열쇠가 분실되었을 때도 농장 동물들은 전부 스노볼이 우물에 버린 것이라고 확신했다. 잘못 간수한 열쇠가 곡물 자루 밑에서 발견되었을 때조차 그들은 이상하게도 계속 우물 이야기를 믿었다. 젖소들은 자기들이 자는 중에 스노볼이 외양간에 몰래 들어와 우유를 짰다고 이구동성으로 말했다. 그해 겨울 골칫거리였던 쥐들이 스노볼과 한통속이라는 말도 돌았다.

나폴레옹은 스노볼의 행적을 전면적으로 조사해야 한다고 선언했다. 그는 개들을 대동하고 농장 부속 건물들에 대한 면밀한 점검에 나섰다. 다른 동물들은 조금 거리를 둔 채 그들의 뒤를 따랐다. 나폴레옹은 몇 걸음마다 멈추어 땅에 코를 대고 킁킁거리면서 스노볼이 남긴 발자국을 찾아다녔다. 냄새로 흔적을 탐지할 수 있다고 그는 말했다. 그렇게 헛간이며 외양간, 닭장, 텃밭 할 것 없이 구석구석 냄새를 맡고 다니면서 거의 모든 곳에서 스노볼의 자취를 찾아냈다. 주둥이를 땅에 대고 여러 차례 깊이 숨을 들이쉬며 냄새를 맡고는 소름 끼치는 소리로 "스노볼! 놈이 여기 왔다 갔어! 스노볼 냄새가 분명해!"라고 외쳤다. "스노볼"이라는 소리에 개들은 모두 이빨을 드러내며 등골이 오싹해질 정도로 으르렁거렸다.

동물들은 바짝 겁을 먹었다. 스노볼이 그들을 둘러싼 대기에 스며들어 온갖 위험으로 위협하며 보이지 않는 모종의 영향을 끼치는 듯했다. 저녁이 되자 스퀄러가 동물들을 불러 모으더니 놀란 표정을 하고는 심각한 소식을 전해주겠다고 말했다.

"동무들!" 스퀼러가 안절부절못하고 발을 작게 동동 구르면서 말했다. "아주 무서운 사실이 밝혀졌소. 핀치필드 농장의 프레더릭은 지금 이 순간에도 우리를 공격해 농장을 빼앗을 음모를 꾸미고 있는데, 스노볼이 그에게 매수됐다는 소식이오! 그가 공격을 개시할 때 스노볼이 앞잡이 노릇을 하리라는 것이오. 그런데 그게 전부가 아니오. 우리는 스노볼의 반란이 단순히 허영과 야망에서 비롯한 것이라 생각했소. 하지만 우리가 틀렸소. 동무들, 진짜 이유가 뭔지 아오? 스노볼은 처음부터 존스와 한패였다는 것이오! 줄곧 존스의 첩자였단 말이오. 우리는 존스가 두고 간 문서들을 발견한 지금에야 이 모든 사실을 알게 되었소. 내가 보기엔 이것으로 많은 게 설명되오. 동무들, 다행히 성공하지는 못했지만, 스노볼이 외양간 전투를 통해 우리에게 패배와 파괴를 안겨주려 꾀한 걸 우리 눈으로 직접 보지 않았소?"

동물들은 대경실색했다. 이는 풍차 파괴를 훨씬 뛰어넘는 사악한 일이었다. 그러나 그들이 그게 무엇을 뜻하는지 십분 이해한 것은 시간이 몇 분 정도 흘러서였다. 그들 모두 외양간 전투에서 스노볼이 자신들의 선봉에 서서 돌격했다는 사실을, 그가 도처에서 자신들을 재편성하고 독려했다는 사실을, 존스가 발사한 산탄에 등을 다치면서도 조금도 주저함이 없이 나아갔다는 사실을 기억하고 있었다. 아니, 적어도 그렇게 기억하고 있다고 생각했다. 이 사실과 스노볼이 존스의 편이라는 사실이 어떻게 양립할 수 있는지 모두들 처음엔 이해하기가 조금 힘들었다. 좀처럼 의문을 표하지 않는 복서조차 얼떨떨했다. 그는 다리를 구부리고 발굽을 아래로 당겨 엎드린 채 눈을 감고서 어렵게 애를 쓴 끝에 간신히 자신의 생각을 정리했다.

"난 믿을 수 없어. 스노볼은 외양간 전투에서 용감하게 싸웠잖아. 내 눈으로 봤다고. 전투가 끝나자마자 스노볼한테 '동물의 영웅, 1등 훈장'까지 주지 않았나?"

"그게 우리의 실수였소, 동무. 사실은 우리를 유인해 파멸로 이끌려고 그랬다는 걸 이제야 알게 됐다는 거요. 우리가 발견한 비밀문서에 다 있다니까."

"하지만 부상을 당했잖아. 스노볼이 피를 흘리며 달리는 걸 우리 모두 봤다고."

"그건 그들 계획의 일부였다고!" 스퀼러가 소리쳤다. "존스가 쏜 산탄은 살갗을 스쳤을 뿐이오. 존스가 직접 적어놓은 내용을 동무들에게 보여줄 수도 있소, 그래도 동무들은 읽을 수 없을 테지만. 스노볼이 결정적인 순간에 퇴각 신호를 내리고 전장을 적에게 넘겨준다는 계획이었소. 그리고 거의 성공할 뻔했지. 나는 우리의 영웅적인 지도자 나폴레옹 동지가 아니었더라면 아마 스노볼이 **성공했을** 거라고 말하고 싶소. 존스가 머슴들과 마당에 들이닥쳤을 때 스노볼이 갑자기 뒤돌아 달아났고, 많은 동물들이 뒤따랐던 걸 기억 못 하오? 바로 그 순간, 공포심이 퍼지고 모든 게 끝장난 듯한 순간에 나폴레옹 동지가 "인류에게 죽음을!"이라고 외치며 앞으로 뛰어나가 존스의 다리를 물었던 것도 기억 못 하오? 동무들, 설마 그걸 기억 못 하진 않겠죠?" 스퀄러는 좌우로 촐랑촐랑 발을 구르며 외쳤다.

스퀄러가 그 장면을 그토록 생생하게 묘사하자 동물들에게는 자신들이 그것을 기억하고 있는 것처럼 생각되었다. 어쨌든 그들은 그 전투에서 결정적인 순간에 스노볼이 뒤돌아 달아났던 부분만큼은 기억하고 있었다. 하지만 복서는 여전히 마음이 찜찜했다.

"스노볼이 처음부터 반역자였다고는 생각하지 않아." 그가 마침내 입을 열었다. "그 후의 행동은 달랐지만. 그래도 나는 스노볼이 외양간 전투에서는 좋은 동지였다고 생각해."

"우리의 지도자 나폴레옹 동지가 스노볼은 처음부터 존스의 첩자였다고 딱 잘라 말했소, 동무들, 딱 잘라서 말이오. 그렇소, 그는 대반란을 상상도 하기 오래전부터 첩자였다는 말이오."

"아하, 그렇다면 얘기가 다르지! 나폴레옹 동지가 그렇게 말했다면 틀림없이 그게 옳을 거야." 복서가 말했다.

"바로 그게 참 제대로 된 자세요, 동무!" 스퀼러가 외쳤다. 동물들은 반짝이는 작은 눈으로 복서를 쓱 훑어보는 그의 눈초리가 상당히 험악하다는 것을 의식했다. 그는 돌아서 가려다가 멈추더니 인상적으로 덧붙여 말했다. "이 농장 모든 동물들에게 경고하는데, 각자 눈을 부릅뜨고 경계하시오. 스노볼의 첩자들이 바로 이 순간에도 우리 가운데 도사리고 있다고 생각할 이유가 있으니 말이오!"

그로부터 나흘 뒤 오후 늦은 시간, 나폴레옹은 모든 동물에게 안마당에 집합하라는 지시를 내렸다. 모두 다 모이자 나폴레옹이 훈장을 달고 나왔다(그는 최근 스스로에게 '동물의 영웅, 1등 훈장'과 '동물의 영웅, 2등 훈장'을 수여했다). 아홉 마리의 큰 개가 그를 빙 둘러싸고 까불기도 하고 으르렁대기도 했다. 동물들은 등골이 오싹했다. 무언가 끔찍한 일이 일어나리라 예감한 듯, 모두가 제자리에 선 채 조용히 곱송그렸다.

나폴레옹은 근엄하게 청중을 훑어보며 서 있다가 날카롭게 낑낑거리는 소리를 내질렀다. 그 즉시 개들이 뛰어나와 돼지 네 마리의 귀를 물어 나폴레옹의 발치로 끌고 갔다. 돼지들은 고통과 공포에 질려 비명을 질렀다. 그들의 귀에서 피가 흘렀고, 피 맛을 본 개들은 잠시 미친 듯 싶었다. 이어 놀랍게도, 개 세 마리가 복서를 향해 훌쩍 몸을 날렸다. 그들이 달려들자 복서는 거대한 발을 내밀어 그중 한 마리를 공중에서 받아 땅에 내리꽂고는 꼼짝

못 하게 짓눌렀다. 짓눌린 개는 살려달라며 깨갱거리고, 다른 두 마리는 다리 사이에 꼬랑지를 감춘 채 달아났다. 복서는 그 개를 짓밟아 죽여야 할지 놓아줘야 할지 몰라 나폴레옹을 쳐다보았다. 나폴레옹은 안색이 변하는 듯하더니 개를 놓아주라고 날카롭게 명령을 내렸다. 이에 복서가 발굽을 쳐들자 타박상을 입은 개는 울부짖으며 슬그머니 도망쳤다.

소동은 곧 가라앉았다. 네 마리의 돼지는 부들부들 떨며 처분을 기다리고 있었다. 그들의 얼굴에 온통 유죄라고 쓰여 있는 듯했다. 나폴레옹은 그들에게 죄를 자백할 것을 요구했다. 그들은 나폴레옹이 일요일 대회의를 폐지했을 때 항의한 돼지들이었다. 더 다그치기도 전에 그들은 스노볼이 추방된 후로 줄곧 그와 몰래 접촉해왔고, 풍차 파괴에 협력했으며, 동물농장을 프레더릭 씨에게 넘긴다는 협정을 맺었노라 자백했다. 스노볼이 몇 년 전부터 존스의 첩자였음을 자기들에게 은밀히 인정했다는 말도 덧붙였다. 그들의 자백이 끝나자마자 개들이 신속히 달려들어 목을 물어뜯었다. 나폴레옹은 또 자백할 게 있는 동물이 없냐고 소름 끼치는 소리로 다그쳤다.

그러자 달걀 문제로 촉발된 반란 기도의 주모자였던 암탉 셋이 앞으로 나오더니 스노볼이 꿈속에 나타나 나폴레옹의 지시에 따르지 말라고 선동했다는 진술을 했다. 그들도 학살당했다. 이어 거위 한 마리가 나와 지난해 추수 때 밀 이삭 여섯 개를 숨겼다가 밤에 몰래 먹었다고 고백했다. 그러자 양 한 마리는 식수 수조에 오줌을 눈 적이 있는데, 그건 스노볼이 시켜서 벌인 짓이라고 털어놓았다. 또 다른 양 두 마리는 나폴레옹을 특별히 헌신적으로 추종하던 어느 늙은 숫양을 죽였다고 자백했다. 그 숫양이 기침병을 앓고 있을 때 모닥불 둘레를 빙빙 돌도록 몰아붙여 죽게 만들었다는 것이었다. 그들 모두가 즉석에서 처형되었다. 그렇게 자백과 처형이 계속됨에 따라 나폴레옹의 발 앞에 시체가 쌓여갔고, 공기 중에는 피비린내가 진동했다. 존스가 추방된 이후 그런 일은 처음이었다.

그 모든 일이 끝나자 남은 동물들은 돼지와 개를 제외하고 모두 한 덩어리가 되어 슬금슬금 자리를 떴다. 다들 충격을 받았고 비참한 기분이었다. 스노볼과 동맹을 맺은 동물들의 반역과 모두가 방금 목격한 잔인한 응징, 이 둘 중 어느 쪽이 더 충격적인지 알 수 없었다. 과거에도 그처럼 참혹한 유혈 참사의 장면들이 연출된 적이 있었지만 막상 자기들 사이에서 일어나고 보니 모두에게 훨씬 더 참혹하게 느껴졌다. 존스가 농장을 떠난 뒤로는 지금까지 동물들끼리 서로 죽이는 일은 없었다. 쥐 한 마리도 죽이지 않았다. 그들은 미완성의 풍차가 서 있던 작은 언덕으로 갔다. 그리고 누가 먼저랄 것도 없이, 마치 온기를 누리려는 듯이 모두 웅크리고 붙어 앉았다. 클로버와 뮤리얼, 벤저민, 젖소들과 양 떼, 거위와 암탉 무리까지, 나폴레옹의 집합 명령이 떨어지기 직전에 홀연 사라진 고양이만 빼고 모두 모였다. 얼마간 아무도 말을 하지 않았다. 복서만 서 있었다. 그는 긴 검은색 꼬리로 옆구리를 탁탁 치기도 하고 간혹 작게 힝힝거리며 놀라워하는 듯한 소리를 내기도 하며 왔다 갔다 안절부절못했다.

"난 이해가 안 돼." 이윽고 그가 말을 꺼냈다. "우리 농장에 이런 일이 생기리라곤 꿈에도 생각 못 했어. 우리가 무언가 잘못해서 이렇게 된 게 분명해. 내가 보기에 그 해결책은 더 열심히 일하는 거야. 난 이제부터 아침에 한 시간씩 더 일찍 일어나겠어."

그런 뒤 그는 육중한 속보로 채석장을 향해 갔고, 그곳에 이르러서는 두 차례 연속으로 돌을 실어 풍차 앞에 날라다 놓은 뒤 잠을 자러 갔다.

동물들은 아무 말도 없이 클로버를 중심으로 서로 꼭 붙어 앉아 있었다. 그들이 엎드려 있는 그 낮은 언덕에서는 전원 먼 곳까지 바라볼 수 있었다. 동물농장의 대부분이 시야에 들어왔다. 큰길까지 길게 펼쳐진 목초지와 건초지, 잡목숲, 경작된 밭과 푸르고 빽빽한 어린 밀, 농장 건물들의 불그스름한 지붕과 그 지붕의 굴뚝에서 맴돌며 올라가는 연기가 보였다. 날 맑은 봄날 저녁이었다. 수평으로 펼쳐진 햇살이 새싹 트는 산울타리와 풀밭에 금빛을 입혔다. 그들은 그것이 자기들 농장이며 한 치도 빠짐

없이 전부 자기들 소유라는 사실을 떠올리자 왠지 놀라웠고 생전 처음으로 농장이 매우 바람직해 보였다. 클로버는 산비탈을 내려다보며 눈물을 글썽였다. 그녀가 자신의 생각을 말로 표현할 수 있었더라면 이 상황은 그들이 몇 년 전 인간을 타도하는 일에 힘을 다하기로 했을 때 품은 목표가 아니라고 했을 것이다. 메이저 영감이 반란을 일으키라고 처음으로 그들을 부추긴 그날 밤 품었던 기대는 공포와 학살의 광경이 아니었다. 그녀가 미래에 대하여 떠올렸던 것이 있다면 그건 굶주림과 채찍으로부터 해방된 동물들의 공동체였다. 모두가 평등하고, 각자 자신의 능력에 맞게 일하며, 메이저의 연설을 들은 날 밤 그녀 자신의 앞다리로 갈 곳 잃은 오리 새끼들을 보호했듯이 강자가 약자를 보호하는 그런 곳. 하지만 그런 모습은커녕, 그들은 아무도 감히 속마음을 털어놓지 못하고, 개들이 돌아다니며 사방에서 으르렁거리고, 충격적인 범죄를 자백하고 갈가리 찢기는 동지들을 지켜봐야 하는 시대를 맞이했고, 그녀는 그 이유를 알 수 없었다. 그녀의 마음속에 반란이나 불순종의 의도는 전혀 없었다. 지금의 형편이 이러할지라도 존스 시절보다는 훨씬 나으며 다른 무엇보다 인간의 귀환을 막을 필요가 있다는 점을 클로버는 잘 알고 있었다. 무슨 일이 있더라도 변절하는 일 없이 계속해서 열심히 일하고, 자신에게 주어지는 지시 사항들을 이행하고, 나폴레옹의 통치를 받아들일 생각이었다. 하지만 그녀와 모든 동물들이 기대감을 가지고 땀을 흘린 목적은 이것이 아니었다. 풍차를 짓고 존스의 산탄총에 맞선 목적이 이것은 아니었다. 그녀의 생각은 그러했지만 그것을 표현할 말은 부족했다.

이윽고 클로버는 왠지 〈영국의 짐승들〉이 자신이 찾지 못한 말을 대체한다는 생각이 들어 그 노래를 부르기 시작했다. 주위에 앉은 다른 동물들도 합세해서 매우 아름다운 음조로, 그러나 느리고 애절하게, 전에는 불러본 적이 없는 방식으로 세 번이나 그 노래를 불렀다.

그들이 노래를 세 번 불렀을 때 스퀼러가 개 두 마리를 대동하고 무언가 긴히 할 말이 있는 듯한 태도로 다가왔다. 그는 나폴레옹 동무의 특명으로 〈영국의 짐승들〉이 폐기되었음을 알렸다. 이제부터 그것은 금지곡이었다.

동물들은 깜짝 놀랐다.

"왜죠?" 뮤리얼이 외쳤다.

"더 이상 그 노래는 필요 없소, 동무." 스퀼러가 퉁명스럽게 말했다. "〈영국의 짐승들〉은 대반란의 노래였어요. 하지만 대반란은 이제 완결되었잖소. 오늘 오후 반역자 처형으로 그 대단원의 막을 내린 것이오. 외부와 내부의 적 모두 타도되었소. 〈영국의 짐승들〉로 우리는 다가올 시대의 더 나은 공동체를 갈망하는 마음을 표현했던 거요. 그런데 그 공동체가 이제 확립되었잖소. 그러니 이 노래는 분명 더 이상 용도가 없는 거지."

아무리 겁을 집어먹었어도 어쩌면 그중에 항변하는 동물들이 있었을 테지만 바로 그 순간 양들이 일상적으로 외는 "네 다리는 선, 두 다리는 악"을 매애매애 내뱉기 시작했고, 이 소리가 몇 분 동안 멈추지 않는 바람에 논쟁은 항변 없이 종결되었다.

그렇게 해서 〈영국의 짐승들〉은 더 이상 들을 수 없게되었다. 그 대신, 시인 미니머스가 이렇게 시작하는 다른 노래를 지었다.

동물농장, 동물농장,
나를 통하면 결코 해를 입지 않으리!

그들은 이제 일요일 아침마다 깃발 게양식 후에 이 노래를 불렀다. 하지만 동물들이 보기에는 노랫말도 곡조도 〈영국의 짐승들〉에 필적하지 못하는 것 같았다.

8

며칠이 지나 처형이 몰고 온 공포가 희미해질 무렵, 몇몇
동물들이 "어떤 동물이든 다른 동물을 죽이면 안 된다"
라는 여섯 번째 계명을 기억해냈다. 아니, 기억하고 있다
고 생각했다. 아무도 돼지나 개가 듣는 곳에서는 그에 대
해 언급하려 하지 않았으나 며칠 전에 일어난 학살은 그
계명에 부합하지 않는 듯했다. 클로버가 벤저민에게 여
섯 번째 계명을 읽어달라고 부탁했지만, 그는 언제나처
럼 그런 일에는 간섭하지 않겠다며 거절했다. 그러자 클
로버는 뮤리얼을 불러왔다. 뮤리얼이 그녀에게 계명을
읽어주었다. 그 내용은 이러했다. "어떤 동물이든 **이유 없
이** 다른 동물을 죽이면 안 된다." 동물들의 기억에는 '이
유 없이'라는 말이 없었다. 하지만 그들은 이제 그 처형

이 계명을 위반한 것은 아님을 알게 되었다. 스노볼과 동맹을 맺은 반역자들을 죽일 만한 이유가 분명히 있었던 것이다.

그해 내내 동물들은 전해보다 더 열심히 일했다. 풍차를 다시 세우되 전보다 벽을 더 두껍게 쌓으면서 기한에 맞추려 하고, 거기에 일상적인 농사일까지 하려니 엄청나게 힘이 들었다. 존스 시절보다 더 오랜 시간 일하고도 먹는 건 그때와 마찬가지인 듯한 기분이 들 때도 있었다. 일요일 아침이면 스퀼러는 긴 종잇조각을 발로 눌러놓고 각종 식량에 해당하는 생산량이 종류별로 200퍼센트, 300퍼센트, 500퍼센트 하는 식으로 증가했음을 입증하는 숫자를 크게 읽어주었다. 동물들로서는 그의 말을 의심할 이유가 없었다. 대반란 이전의 상황이 어땠는지 이제는 기억이 아물아물했기 때문에 특히 더 그랬다. 어쨌든 숫자는 적더라도 먹을 것이 더 많았으면 싶은 나날들이었다.

이제 모든 지시는 스퀼러나 다른 돼지를 통해 전달되었다. 나폴레옹이 동물들 앞에 나타나는 경우는 2주에 한 번도 되지 않았다. 그가 나타날 때는 개들이 수행할 뿐 아니라 젊은 검은 닭이 앞장서 행진해 와서는 나폴레옹의 연설에 앞서 "꼬끼오" 울며 나팔수 역할을 했다. 나폴레옹은 본채 안에서도 방 여러 개를 따로 떼어 혼자 쓴다는 말이 돌았다. 그는 개 두 마리의 시중을 받아 혼자

식사를 하는데, 항상 거실의 유리 찬장에 들어 있는 크라운 더비 식기에 음식을 담아 먹었다. 매년 두 기념일뿐 아니라 나폴레옹의 생일에도 산탄을 쏠 것이라는 내용이 공표되기도 했다.

나폴레옹은 이제 절대로 '나폴레옹'으로만 불리지 않았다. 그는 항상 격식을 갖춘 호칭, 즉 '우리의 지도자 나폴레옹 동지'로 일컬어졌고, 돼지들은 그를 가리켜 '모든 동물의 아버지', '인류의 공포', '양들의 보호자', '새끼 오리들의 친구'와 같은 호칭을 만들어 부르기를 좋아했다. 스퀼러는 연설할 때 나폴레옹의 슬기로움과 착한 마음, 깊은 사랑에 대해 말하며 눈물을 흘리기도 했다. 이 사랑은 도처에 사는 모든 동물들, 특히 다른 농장에서 아직 무지 속 노예와 같은 삶을 살고 있는 불행한 동물들까지도 포함하는 것이었다. 모든 성공적인 성취와 뜻밖의 행운을 나폴레옹의 덕으로 돌리는 건 일상사가 되었다. 암탉들은 자기들끼리 종종 이렇게 말하곤 했다. "우리의 지도자 나폴레옹 동지의 영도 아래 나는 엿새 동안 알을 다섯 개 낳았어." 그런가 하면 젖소들은 식수 수조의 물을 마시며 이렇게 탄성을 지르곤 했다. "나폴레옹 동지의 영도력 덕분에 물맛이 기막히게 좋군!" 농장의 전반적인 분위기는 미니머스가 지은 「나폴레옹 동지」라는 제목의 시에 유감없이 드러나 있었다. 시의 내용은 다음과 같았다.

고아의 친구!

행복의 샘!

돼지 먹이통의 주인! 오, 나폴레옹 동지여!

하늘의 태양 같은 당신의 잔잔하고

위엄 있는 눈을 바라볼 때면

내 영혼이 불타는 듯합니다!

당신의 피조물이 사랑하는 모든 것,

매일 두 번 가득 찬 배,

누워 뒹굴 깨끗한 짚을 주시는 이,

큰 짐승이나 작은 짐승

외양간에서 평화로이 잠을 자는

모든 짐승을 굽어보시는 이,

나폴레옹 동지여!

내게 젖먹이 돼지가 있다면

반 리터짜리 통이나 밀방망이만큼도

성장하기 전에

당신에게 충성하고 충실할 것을

배우게 하리,

그렇습니다, 그 최초의 꿕꿕 울음소리는

"나폴레옹 동지!"가 될 것입니다.

나폴레옹은 이 시를 승인하고 큰 헛간의 7계명이 쓰인 외벽 반대쪽 외벽에 써놓게 했다. 스퀼러는 시 위에 흰 페인트로 나폴레옹의 옆얼굴 윤곽을 그렸다.

한편 나폴레옹은 윔퍼의 중개로 프레더릭, 필킹턴과 복잡한 협상을 벌이느라 바빴다. 목재 더미는 아직 팔리지 않고 있었다. 두 사람 중 프레더릭이 더 목재를 갖지 못해 안달이 났으면서도 적정 가격을 제시하려 하지 않았다. 그런 와중에 프레더릭에 관한 소문이 돌았다. 그가 머슴들과 함께 동물농장을 습격해 풍차를 파괴할 음모를 꾸미고 있다는 소문이었다. 풍차 건축에 대한 격렬한 시기심이 발동한 것이다. 스노볼은 여전히 핀치필드 농장에 숨어 있는 것으로 알려져 있었다. 여름이 한창일 때 스노볼의 지령을 받은 암탉 셋이 나폴레옹 암살 음모에 가담했음을 자수했다는 소식을 듣고 동물들은 경악을 금치 못했다. 암탉들은 즉석에서 처형되었고, 나폴레옹의 신변 안전을 위한 새로운 대책이 세워졌다. 밤에는 개 네 마리가 네 모서리에서 그의 침대 곁을 지켰다. 핑크아이라는 이름의 어린 돼지는 나폴레옹의 음식에 독이 있는지 시식하는 임무를 맡았다.

거의 그 무렵, 나폴레옹이 필킹턴 씨에게 목재 더미를 팔기로 결정했다는 발표가 났다. 이 외에도 그는 동물농장과 폭스우드의 몇몇 생산물을 교환하기 위한 정식 협정을 체결할 예정이었다. 비록 윔퍼의 중개를 통해서만

이어졌지만 나폴레옹과 필킹턴의 관계는 이제 거의 우호적인 수준에 이르러 있었다. 동물들은 한 인간으로서 필킹턴을 불신하면서도, 자기들이 두려워하고 미워하는 프레더릭보다는 그가 낫다고 생각했다. 여름이 흘러가고 풍차가 거의 완공될 즈음, 위험하고 예측할 수 없는 공격이 임박했다는 소문이 점점 더 무성해졌다. 프레더릭이 총으로 무장한 장정 스무 명과 함께 쳐들어올 생각으로 이미 치안판사와 경찰을 매수했고, 따라서 그가 동물농장의 땅문서를 손에 넣기만 하면 당국이 그 사실을 불문에 부치리라는 것이었다. 게다가 핀치필드에서 프레더릭이 동물들에게 가하는 가혹 행위들에 대한 끔찍한 이야기들이 흘러나왔다. 채찍질을 해서 늙은 말을 죽이고, 젖소들을 굶기고, 개를 화덕에 던져 죽였을 뿐 아니라, 저녁마다 수탉들의 며느리발톱에 면도날 조각을 달아 싸움 시키기를 즐긴다는 것이었다. 동지들에게 자행되는 그러한 짓들에 관한 이야기를 들은 동물들은 분노로 피가 끓었다. 다함께 출동해 핀치필드 농장을 공격해서 인간들을 몰아내고 동물들을 해방시키도록 허락해달라는 소리가 들끓기도 했다. 하지만 스퀼러는 그들에게 경솔한 행동을 피하고 나폴레옹 동지의 전략을 믿으라며 충고했다.

그럼에도 프레더릭에 대한 반감은 계속 고조되었다. 어느 일요일 아침, 나폴레옹이 헛간에 나타나 자기는 프레더릭에게 목재 더미를 팔 생각은 단 한 순간도 해본 적이 없노라고 해명했다. 그런 부류의 불한당과 거래를 하면 위신이 안 선다고 생각한다는 것이었다. 대반란의 소식을 퍼뜨리기 위해 파견된 비둘기들에게 폭스우드에는 어디에도 내려앉으면 안 되며 "인간에게 죽음을"이라는 종전의 구호를 버리고 "프레더릭에게 죽음을"이라는 구호를 사용하라는 지시가 내려졌다. 늦여름에는 스노볼의 음모가 또 하나 까발려졌다. 수확한 밀에 잡초가 가득해서 알아보니 스노볼이 밤에 드나들며 밀 종자에 잡초 씨를 섞어놓았다는 사실이 밝혀졌다. 이 음모에 은밀히 관여한 수컷 거위가 스퀼러에게 자신의 범죄 사실을 자백하고 즉석에서 치명적인 벨라도나 씨앗을 삼켜 자결했다. 또한 이제 동물들은 스노볼에게 '동물의 영웅, 1등 훈장'이 수여된 적이 없었다는 사실도 알게 되었다. 이는 외양간 전투가 끝나고 얼마 후에 스노볼 본인이 퍼뜨린 전설일 뿐이었다. 이번에도 이 말을 듣고 다소 혼란스러워하는 동물들이 있었으나, 스퀼러가 이내 기억이 잘못됐다며 그들을 납득시킬 수 있었다.

가을에 풍차가 완공되었다. 거의 같은 시기에 수확도해야 했기에 동물들은 진을 빼는 엄청난 노력을 들였다. 아직 기계를 설치하는 일이 남았고 윔퍼가 기계 구매를진행하는 중이었지만 건물은 완성되었다. 아무 경험도 없이 원시적인 도구만을 사용한 데다 불운과 스노볼의 반역에 부딪치고 온갖 난관에 봉착했음에도 예정된 날짜에 딱 맞추어 완공된 것이다! 동물들은 녹초가 되었지만 뿌듯하여 자신들이 쌓은 위업의 둘레를 빙빙 돌았다. 모두의 눈에 새 풍차는 전에 지어졌던 것보다 훨씬 더 아름다워 보였다. 게다가 벽 두께가 지난번 것의 두 배나 되니 이번에는 폭발물 외에는 무엇으로도 그것을 쓰러뜨릴 수 없을 터였다. 자신들이 얼마나 애를 썼고 어떤 좌절을 극복했는가를 생각하고, 풍차의 날개가 돌아가고 발전기가 작동하면 생활이 크게 달라질 것을 생각하니 피로가 저절로 풀려 모두가 환희에 찬 함성을 지르고 깡충거리며 풍차 주위를 빙빙 돌았다. 나폴레옹도 개들과 수탉의 수행을 받으며 완공된 풍차를 시찰하러 나왔다. 그는 친히 모두의 공로를 치하하고 풍차 방앗간을 '나폴레옹 풍차 방앗간'으로 명명하겠다고 알렸다.

그로부터 이틀 뒤 동물들은 헛간에서 열린 특별 집회에 소집되었다. 나폴레옹이 목재를 프레더릭에게 팔았다고 알리자 다들 깜짝 놀라 말문이 막혔다. 이튿날 프레더릭이 그것을 달구지로 실어 갈 예정이었다. 나폴레옹은 그동안 줄곧 필킹턴과 허울뿐인 친분을 유지하면서 실제로는 프레더릭과 밀약을 맺었던 것이다.

폭스우드 농장과는 모든 관계가 단절되었고, 필킹턴에게 모욕적인 전갈이 보내졌다. 비둘기들에게는 핀치필드 농장에 가지 말 것이며, "프레더릭에게 죽음을"이라는 구호를 "필킹턴에게 죽음을"로 바꾸라는 지시가 내려졌다. 이와 동시에 나폴레옹은 동물농장에 대한 공격이 임박했다는 이야기는 전적으로 거짓이며 프레더릭이 동물들을 잔인하게 다룬다는 소문 또한 크게 과장되었다는 말로 동물들을 안심시켰다. 스노볼과 그의 첩자들이 그 모든 소문들을 퍼뜨렸으리라는 얘기였다. 그러자 이제는 스노볼이 결국 핀치필드 농장에 숨어 있지 않을뿐더러 실은 평생 그곳에 가본 적도 없었던 듯했다. 그는 폭스우드에서—소문에 의하면 그것도 아주 사치스럽게—살고 있으며, 실은 오래전부터 필킹턴에게 고용되어 있었던 것처럼 보였다.

돼지들은 나폴레옹의 간계에 희열을 느꼈다. 필킹턴과 사이가 좋은 듯 굴어서 프레더릭으로 하여금 12파운드를 더 내도록 만든 것이다. 하지만 나폴레옹의 우월한 두뇌는 그가 아무도, 심지어 프레더릭도 믿지 않는다는 사실에서 그 특성이 나타난다고 스퀼러는 말했다. 프레더릭은 목재 대금을 수표라는 걸로 지불하고 싶어 했지만 그건 지불 약속을 기재한 종잇조각에 불과한 듯 보였다. 나폴레옹은 프레더릭이 상대하기엔 너무 영리했다. 그는 목재를 가져가기 전에 대금을 5파운드짜리 화폐로 지불하라고 요구했고 프레더릭은 전액을 선불했다. 이는 풍차에 들어갈 기계를 사기에 딱 알맞은 금액이었다.

한편 목재는 빠르게 실려 나갔다. 일이 다 끝나자 헛간에서 특별 집회가 한 번 더 열렸다. 프레더릭에게서 받

은 지폐가 어떻게 생겼는지 동물들에게 잘 보라는 취지
였다. 나폴레옹은 훈장 두 개를 모두 달고 잔잔한 기쁨의
미소를 머금은 채 연단 위 깔짚에 편히 앉아 있었다. 그
의 옆에는 본채 부엌에서 가져온 사기 접시에 지폐가 차
곡차곡 쌓여 있었다. 동물들은 줄지어 천천히 그 앞을 지
나가며 저마다 돈을 실컷 쳐다보았다. 복서는 코를 내밀
어 킁킁거리며 지폐의 냄새를 맡았고, 그러자 희고 얇은
그것들이 그의 콧김에 살짝 흔들리면서 바스락거렸다.

　그로부터 사흘 후, 끔찍한 소동이 일어났다. 자전거를
탄 윔퍼가 죽은 사람처럼 창백한 얼굴로 급히 안마당으
로 들어오더니 자전거를 내팽개치고 곧장 본채로 뛰어
들어갔다. 곧이어 나폴레옹의 처소에서 숨 막힐 듯한 분
노의 포효가 들려왔다. 무슨 일이 있었는지에 관한 소식
이 들불 번지듯 농장 동물들 사이에 퍼져나갔다. 그 돈이
위조지폐였대! 프레더릭이 목재를 거저먹은 거야!

　나폴레옹은 즉시 동물들을 소집해 소름 끼치는 목소리
로 프레더릭에게 사형을 선고했다. 프레더릭을 생포하면
산 채로 삶아 죽이겠다고 했다. 동시에 그는 이 배반 다
음에 올 최악의 상황을 경고했다. 프레더릭과 그의 머슴
들이 언제라도 오래전부터 예상했던 공격을 해올지 모른
다는 얘기였다. 나폴레옹은 농장으로 들어오는 모든 길
목에 보초를 세웠다. 그뿐 아니라 필킹턴과의 우호 관계
를 회복할 수 있지 않을까 하는 희망을 가지고 폭스우드

에 비둘기 네 마리를 보내 회유의 말을 전했다.

바로 다음 날 아침에 공격이 시작되었다. 동물들이 아침 식사를 하고 있는데 파수꾼들이 달려 들어와 프레더릭과 그의 졸개들이 이미 다섯 가로장 문을 통과했다는 소식을 전했다. 동물들은 호기롭게 출격했지만 이번에는 외양간 전투에서처럼 쉽사리 이기지 못했다. 상대는 모두 열다섯 명이었는데 그중 여섯이 총을 들고 있다가 동물들과의 거리가 50미터 이내로 좁혀지자 발포하기 시작했다. 동물들은 가공할 폭발음과 따끔한 산탄에 도무지 맞설 수 없었다. 나폴레옹과 복서가 모두를 다시 모았으나 다들 금세 뒤로 물러나버렸다. 몇몇은 이미 부상을 입은 채였다. 그들은 농장 건물 안으로 피해 들어가 벽널의 틈새나 옹이구멍으로 조심스럽게 밖을 엿보았다. 풍차를 포함하여 큰 목초지 전체가 적의 수중에 들어갔다. 당장은 나폴레옹도 어쩔 줄 모르는 것 같았다. 그는 빳빳한 꼬리를 휙휙 흔들며 아무 말 없이 서성거릴 뿐이었다. 아쉬움 가득한 그의 눈길이 자꾸만 폭스우드 농장 쪽으로 향했다. 필킹턴과 그의 머슴들이 도와준다면 어쩌면 아직 이길 수 있을 것도 같았다. 그런데 바로 이 순간, 전날 파송되었던 비둘기 네 마리가 돌아왔다. 그중 하나는 필킹턴이 준 종잇조각을 물고 있었다. 종이에 연필로 쓰여 있는 내용은 이랬다. "그거 쌤통이다."

한편 프레더릭과 그의 머슴들은 풍차 부근에서 멈춰

섰다. 그 모습을 지켜보는 동물들 사이에서 웅얼웅얼 낙담의 소리가 번져나갔다. 이윽고 그들 중 두 사람이 쇠지레와 큰 망치를 꺼내 들었다. 풍차를 부술 참이었다.

"불가능해!" 나폴레옹이 소리쳤다. "벽이 얼마나 두꺼운데, 저런 걸로는 어림없지. 일주일이 걸려도 못 부술걸. 용기를 내시오, 동무들!"

하지만 벤저민은 인간들의 일거수일투족을 열심히 지켜보고 있었다. 망치와 쇠지레를 가진 두 사람이 풍차의 토대 부근에 구멍을 파고 있었다. 그는 흥미롭다는 듯 긴 주둥이를 천천히 주억거렸다.

"그럴 줄 알았어." 벤저민이 말했다. "저들이 뭘 하려는지 알아? 이제 곧 저 구멍에 발파 화약을 채워 넣을 거야."

동물들은 겁에 질려 기다렸다. 이제는 대피해 있는 건물에서 감히 나가볼 수도 없었다. 몇 분 뒤, 인간들이 사방으로 흩어져 뛰는 모습이 보였다. 그러곤 곧 귀가 먹먹한 굉음이 이어졌다. 비둘기들은 소용돌이치듯 공중으로 날아올랐고, 나폴레옹을 제외한 동물들 모두 몸을 던져 바닥에 엎드린 채 얼굴을 가렸다. 그들이 다시 일어나보니 풍차가 있던 자리에 검은 연기가 자욱했다. 연기는 산들바람에 밀려 천천히 날아갔다. 풍차는 더 이상 존재하지 않았다!

이 광경을 보자 동물들의 용기가 다시 살아났다. 조금 전까지 느끼던 공포와 절망은 고약하고 비열한 짓을 저지른 인간들을 향한 분노에 묻혀버렸다. 그들은 커다란 복수의 함성을 올린 뒤 명령을 기다리지도 않고 일제히 뛰쳐나가 곧장 적을 향하여 돌진했다. 이번에는 우박처럼 휘몰아쳐 날아오는 잔인한 산탄도 아랑곳하지 않았다. 무참하고 격렬한 전투였다. 인간들은 총을 쏘고 또 쏘다가 동물들이 바싹 접근했을 때 몽둥이를 휘두르며 무거운 장화 발을 내질렀다. 젖소 한 마리, 양 세 마리, 거위 두 마리가 죽었고, 거의 모두가 부상을 입었다. 후미에서 작전을 지시하던 나폴레옹마저 산탄을 맞아 꼬리 끝이 약간 잘렸다. 그러나 인간들도 성하지는 않았다. 세 명은 복서의 발굽에 머리가 깨졌고, 한 명은 젖소의 뿔에 배를 들이받혔으며, 다른 한 명은 제시와 블루벨에게 바지가 찢겨 벗겨질 정도로 물어뜯겼다. 나폴레옹의 친위대인 아홉 마리의 개가 산울타리 아래로 몸을 숨긴 채 우회해 사납게 짖으면서 적의 측면을 기습하자 인간들은 공포에 사로잡혔다. 그들은 포위될 위험에 처했음을 깨달았다. 프레더릭이 상황이 악화되기 전에 빠져나가라고 소리를 지르더니 그 비겁한 적은 즉시 걸음아 날 살려라 달아나버렸다. 동물들은 들판 후미까지 인간들을 추격해, 가시나무 산울타리를 비집고 나가려는 그들에게 마지막 발길질을 가했다.

그들은 승리했지만 지친 데다 피투성이였다. 다들 다리를 절뚝거리며 천천히 농가 쪽으로 발길을 돌렸다. 풀밭에 죽어 늘어진 동무들을 보고 눈물을 흘리는 동물들도 있었다. 그들은 풍차가 서 있던 자리에 이르러 침통한 기색으로 잠시 말없이 멈추어 섰다. 그랬다, 그것은 사라졌다. 그들의 노고가 거의 흔적도 남기지 않고 사라져버린 것이다! 기초마저 일부 파괴되었다. 게다가 무너져 내린 돌들을 가지고 전처럼 다시 세우는 것도 불가능했다. 이번에는 돌들마저 사라진 것이다. 폭발력은 돌들을 몇백 미터 멀리까지 날려 보냈다. 풍차란 것이 아예 있었던 적도 없는 것 같았다.

스퀼러는 무슨 이유에서인지 전투 중에는 안 보이더니 동물들이 농장 건물 구역에 가까워졌을 무렵 만면에 흡족한 미소를 머금은 채 꼬리를 흔들며 그들을 향해 깡충깡충 뛰어왔다. 그와 동시에 농장 건물 쪽에서 엄숙한 총성이 울렸다.

"저 총성은 뭐지?" 복서가 물었다.

"승리의 축포요!" 스퀼러가 소리쳤다.

"무슨 승리?" 복서가 물었다. 그는 부상을 입어 무릎에서 피를 흘리고 있었다. 편자 하나를 잃었고, 발굽 한 쪽은 갈라졌으며, 뒷다리에는 산탄이 여남은 개나 박혀 있었다.

"무슨 승리냐니요, 동무? 우리의 땅에서 적을 몰아내지 않았소? 이 성스러운 동물농장에서 말이오."

"하지만 저들이 풍차를 파괴했잖소. 우리가 2년 동안

애써 세운 것을!"

"그게 어떻다는 거요? 풍차는 또 세우면 되지. 마음만 먹으면 여섯 개라도 세울 거요. 동무는 우리가 이룬 위업의 진가를 알아보지 못하는군요. 지금 우리가 딛고 서 있는 바로 이 땅이 적에게 점령됐었잖소. 그런데 우리는 나폴레옹 동지의 영도력 덕분에 그걸 전부 되찾은 거요!"

"그렇다면 원래부터 우리가 가졌던 걸 되찾은 셈이네." 복서가 말했다.

"그래서 우리가 승리했다는 거요." 스퀼러가 말했다.

동물들은 절뚝거리며 마당으로 들어섰다. 다리에 산탄이 박힌 복서는 욱신거리는 아픔을 느꼈다. 그는 풍차를 기초부터 다시 세우는 중노동을 떠올려보았고, 벌써부터 그 일에 대비해 마음을 다잡고자 했다. 그러나 문득, 자기가 이미 열한 살이며 단단한 근육도 예전 같지 않을지 모른다는 생각이 처음으로 들었다.

녹색 깃발이 휘날리는 것을 보고, 다시 또 축포 소리를—모두 일곱 차례—듣고, 자신들의 행동을 치하하는 나폴레옹의 연설을 듣자, 동물들은 어쨌거나 자기들이 위대한 승리를 거둔 것 같았다. 전사한 동물들의 장례식은 장엄하게 치러졌다. 영구차로 적합한 마차를 복서와 클로버가 끌었고 나폴레옹 자신은 장례 행렬의 선두에 섰다. 그리고 꼬박 이틀 동안 축연이 열렸다. 노래와 연설이 있었고, 더 많은 축포가 발사되었다. 모두에게 특별

선물로 사과가 한 개씩 하사되었다. 새들은 곡물을 60그램씩, 개들은 비스킷을 세 개씩 받았다. 이번 전투를 '풍차 전투'로 부를 것이라는 발표가 났고, 나폴레옹은 '녹색기 훈장'이라는 것을 새로 제정해 그것을 스스로에게 수여했다. 전반적인 축연 분위기 속에 그 억울한 지폐 사건은 잊혔다.

그로부터 며칠 뒤 돼지들은 지하 창고에서 위스키 한 상자를 우연히 발견했다. 처음 본채를 점거했을 때는 보지 못하고 지나친 것이었다. 그날 밤 본채에서 크게 〈영국의 짐승들〉을 부르는 소리가 흘러나왔는데, 가락이 온통 뒤죽박죽이라 그것을 들은 동물들은 깜짝 놀랐다. 9시 30분경에는 나폴레옹이 존스 씨의 낡은 중산모를 쓰고 뒷문으로 나오더니 마당을 한 바퀴 질주해 돌고는 다시 집 안으로 사라지는 모습이 똑똑히 목격되었다. 그러나 아침이 되자 본채에는 깊은 침묵이 감돌았다. 돼지는 한 마리도 일어나지 않은 것 같았다. 거의 9시가 되어서야 스퀼러가 모습을 드러냈다. 걸음걸이가 느릿느릿하고 기운이 없는 데다, 눈은 흐리멍덩하고 꼬리도 축 늘어진 것이 어느 모로 보나 심각한 병에 걸린 듯한 모습이었다. 그는 동물들을 불러 모으더니 놀랍고 끔찍한 소식이 있다고 말했다. 나폴레옹 동지가 죽어가고 있다는 것이었다!

곡소리가 터져 나왔다. 동물들은 본채 문 앞에 짚을 깔고 그 위로 살금살금 걸어 다녔다. 다들 눈물을 글썽이며 지도자가 죽으면 어떡하느냐고 서로에게 물었다. 스노볼이 결국 용케도 나폴레옹의 음식에 독을 탔다는 소문이 돌았다. 11시가 되자 스퀼러가 다른 공지 사항을 알리러 나왔다. 나폴레옹 동지가 이 세상에서의 마지막 행위로서 중대한 법령을 공표한바, 술을 마시면 사형에 처한다는 내용이었다.

그러나 저녁이 되자 나폴레옹은 몸이 나아진 듯했고, 이튿날 아침 스퀼러는 그의 건강이 점점 회복되고 있다는 소식을 알릴 수 있었다. 이어 그날 저녁 나폴레옹은 업무에 복귀했으며, 이튿날에는 윔퍼를 시켜 윌링던에서 양조와 증류에 관한 책자를 사 오게 했다. 그로부터 한 주 뒤, 과수원 너머에 있는 작은 방목장을 갈아엎으라는 지시가 떨어졌다. 그곳은 더 이상 일할 수 없는 동물들을 위해 구획해놓은 작은 목초지였는데, 풀이 모두 말라버렸으니 씨를 새로 뿌려야 한다는 것이었다. 하지만 곧 나폴레옹이 그곳에 보리를 파종할 계획이라는 사실이 알려졌다.

이 무렵 아무도 이해할 수 없는 이상한 일이 일어났다. 어느 날 밤 12시쯤 마당에서 쿵 하는 큰 소리가 울려 각자의 우리에 있던 동물들이 모두 달려 나왔다. 달 밝은 밤이었다. 7계명이 쓰여 있는 큰 헛간 끝쪽 벽 아래 사다리가 둘로 부러진 채 쓰러져 있었다. 그 옆에 잠시 정신을 잃고 쭉 뻗은 스퀼러가 보였고, 그의 가까이에는 랜턴과 페인트 붓과 뒤집어진 흰 페인트 통이 있었다. 개들이 얼른 스퀼러를 에워쌌고, 그가 걸을 수 있게 되자 곧장 그를 호위해서 본채로 데려갔다. 동물들은 그게 무엇을 의미하는지 상상도 못 했다. 벤저민 영감만이 다 안다는 듯이 주둥이를 끄덕였다. 무언가 납득한 게 있는 듯했지만 아무 말도 하지 않았다.

그러고서 며칠 뒤, 뮤리얼은 혼자서 7계명을 다시 읽어 보다가 동물들이 잘못 기억하고 있었던 것이 또 하나 있음을 깨닫게 되었다. 그동안 다섯 번째 계명이 "어떤 동물 이든 술을 마시면 안 된다"라고 생각했는데, 이제 보니 그들이 잊고 있던 단어가 하나 더 있었다. 그 계명은 이랬다. "어떤 동물이든 술을 **과하게** 마시면 안 된다."

9

복서의 갈라진 발굽이 낫기까지 오랜 시간이 걸렸다. 승전 축하연이 끝난 바로 다음 날 풍차 재건축이 시작되었는데 복서는 단 하루라도 쉬기를 거부했다. 그는 아픈 모습을 보이지 않는 것을 명예 문제로 여겼다. 그러나 저녁이면 클로버에게 발굽이 무척 애를 먹이고 있음을 시인하곤 했다. 클로버는 약초를 씹어 그것으로 복서의 발굽을 찜질해주었다. 클로버와 벤저민은 복서에게 일을 좀 쉬엄쉬엄 하라고 거듭 간청했다. "말의 허파는 영원하지 않아." 클로버가 그렇게 얘기해도 복서는 듣지 않았다. 그에게 남은 단 하나의 진정한 포부는 은퇴할 나이가 되기 전에 풍차가 잘 돌아가는 모습을 보는 것이었다.

동물농장의 법이 최초로 제정되었던 초기에는 말과 돼

지가 열두 살, 젖소는 열네 살, 개는 아홉 살, 양은 일곱 살, 암탉과 거위는 다섯 살로 은퇴 연령이 정해져 있었다. 후한 노령연금도 합의되어 있었다. 실제로 은퇴하여 연금 수혜자로 지내는 동물은 아직 없었지만, 최근 이 문제가 점점 더 자주 논의되어왔다. 이제 과수원 너머의 작은 들이 보리 재배에만 쓰일 것이므로 큰 목초지의 한쪽 구석에 따로 울타리를 쳐 은퇴한 동물들의 방목장으로 쓰리라는 소문이 돌았다. 말들에게는 연금으로 매일 약 2.25킬로그램의 곡물에 겨울에는 건초 7킬로그램을 주고 공휴일에는 당근 한 개나 어쩌면 사과 한 개가 나올 것이라고 했다. 복서의 열두 번째 생일은 이듬해 늦여름이었다.

한편 삶은 고달팠다. 겨울은 지난해만큼이나 추운데 식량은 더욱 모자랐다. 다시 돼지와 개를 제외한 모두의 식량 배급량이 삭감되었다. 식량 배급에 지나치게 엄격한 평등을 적용했다면 동물주의의 원리에 어긋나는 처사였을 것이라고 스퀼러는 해명했다. 좌우간 겉보기엔 사정이 어떨지 몰라도 실제로는 식량이 부족하지 **않음**을 그는 아주 쉽게 입증해 보였다. 물론 한시적이지만, 배급량을 재조정하지 않으면 안 될 상황이었다(스퀼러는 항상 '삭감' 대신 '재조정'이라는 말을 썼다). 하지만 존스 시절에 비하면 상황이 대폭 개선되었다는 것이었다. 스퀼러는 날카로운 목소리로 빠르게 수치를 읽어 내리면서 존스 시절보다 귀리와 사탕무가 더 많이 지급되었고, 일하는 시간은 줄었고, 식수의 수질이 개선되었고, 수명은 더 길어졌고, 새끼 생존율이 높아졌고, 외양간에는 짚이 더 많아졌고, 벼룩에 시달리는 일이 줄었음을 그들에게 상세히 설명했다. 동물들은 그 말을 한 마디도 빠짐없이 믿었다. 사실 존스와 그를 상징하는 모든 것의 기억이 거의 다 사라졌다. 요즘 삶이 혹독하고 팍팍하며, 허기지고 추위에 떨 때가 많고, 잠자는 시간 외에는 대개 일을 하고 있다는 것을 잘 알고 있었다. 하지만 과거에는 더 나빴던게 틀림없었다. 그들은 기꺼이 그렇게 믿었다. 그들은 예전에는 노예였으나 이제는 자유로워졌으며, 그것으로 상황은 완전히 다른 셈이라고 언급하는 것을 스퀼러는 잊지 않았다.

어느새 식구들도 많이 늘었다. 가을 들어 암퇘지 네 마리가 거의 동시에 새끼를 낳았는데 모두 해서 서른한 마리나 되었다. 그 새끼 돼지들 모두 흑백 얼룩무늬인 데다 나폴레옹이 농장에서 유일한 수퇘지인 점으로 누구의 혈통인지 짐작할 수 있었다. 나중에 벽돌과 목재를 사면 본채 뜰에 교실을 지을 것이라는 발표가 났다. 새끼 돼지들은 당분간 본채 부엌에서 나폴레옹에게 직접 교육을 받았다. 운동은 본채 뜰에서 했고, 다른 새끼 동물들과 노는 것은 권장되지 않았다. 또한 이 무렵, 돼지와 다른 동물이 통로에서 마주치면 다른 동물은 옆으로 비켜야 한다는 규칙이 정해지고, 일요일에는 신분의 고하를 막론

하고 모든 돼지들에게 녹색 꼬리 리본 착용의 특전을 부여한다는 것도 정해졌다.

그해 농사는 꽤 성공적이었으나 돈은 여전히 부족했다. 교실을 지을 벽돌과 모래와 석회를 사야 했다. 게다가 풍차에 설치할 기계 구입 비용을 마련할 필요도 있었다. 그런가 하면 본채에서 쓸 등유와 양초, 나폴레옹의 식탁에 늘 올라가는 설탕(그는 다른 돼지들에게는 살이 찐다는 이유로 설탕을 금했다), 그리고 각종 연장과 못, 끈, 석탄, 철사, 고철, 개들을 위한 비스킷 등 모든 일상적인 물품들도 보충해야 했다. 그들은 건초 한 가리와 감자 수확의 일부를 팔았다. 달걀 판매 계약은 주 600개로 늘렸는데, 이 때문에 암탉들이 그해에 부화시킨 것으로는 병아리 수를 예년 수준으로 유지하기에 빠듯했다. 12월에 식량 배급량이 삭감되었는데 2월에 또다시 삭감되었고, 기름 절약의 일환으로 외양간에서 랜턴을 켜는 것이 금지되었다. 그러나 돼지들은 부족함이 없어 보였을 뿐 아니라, 사실인즉 오히려 체중이 늘고 있었다. 2월 말 어느 오후, 동물들이 전에는 한 번도 맡아본 적 없는, 구미를 돋우는 강하고 그윽한 냄새가 마당 건너편의 작은 양조장에서 풍겨 왔다. 부엌 뒤에 있는 양조장은 존스의 시대에도 사용되지 않던 곳이었다. 누군가 보리 삶는 냄새라고 했다. 동물들은 코를 쳐들고 열심히 냄새를 맡으면서 저녁으로 따스한 죽을 끓이고 있는 걸까 생각했다. 그러나 따스한 죽은 나오지 않았고, 그 주 일요일, 앞으로 모든 보리는 돼지에게만 허용한다는 발표가 났다. 과수원 너머의 밭에는 이미 보리가 파종되어 있었다. 그리고 얼마 안 있어 이제 돼지들은 맥주를 매일 500밀리리터씩 지급받고 있으며 나폴레옹의 몫은 2리터인데 그의 것은 항상 크라운 더비 수프 그릇에 담겨 나온다는 정보가 유출되었다.

하지만 견뎌야 할 고난이 있어도 그것은 현재의 삶이 예전보다 더 존엄성을 갖추었다는 사실로 부분적으로나마 상쇄되었다. 그들은 더 많은 노래를 부르고, 더 많은 연설을 듣고, 더 많은 행진을 했다. 나폴레옹은 주에 한 번 '자발적 시위'라는 무언가를 실시하라고 명했다. 동물 농장의 투쟁과 승리를 기념하자는 취지였다. 동물들은 정해진 시간에 일손을 놓고 행진 대형을 이루어 농장 구내를 돌곤 했다. 돼지가 인솔하는 가운데 말, 젖소, 양, 가금이 뒤를 따랐다. 개들은 행렬 양쪽을 지켰고, 제일 앞에서는 나폴레옹의 검은 수탉이 행진했다. 복서와 클로버는 발굽과 뿔이 그려진 녹색 깃발의 양끝을 잡고 걸었다. 발굽과 뿔 밑에는 "나폴레옹 동지 만세!"라고 쓰여 있었다. 행진 뒤에는 나폴레옹을 찬양하는 시를 암송하는 시간이 있었고, 그다음엔 스퀼러가 최근의 식량 생산 증대에 관한 상세한 내용을 알렸으며 가끔 총성이 한 번 울리기도 했다. 양들은 자발적 시위의 최고 열성분자였다. 자발적 시위는 시간 낭비이고 추운 데서 한참 서 있어야 하는 일에 지나지 않는다고 불평하는 동물이 있으면(돼지나 개가 옆에 없을 때 몇몇 동물들이 가끔 그랬는데) 양들은 "네 다리는 선, 두 다리는 악!"이라는 구호를 매애매애 굉장히 크게 외쳐 그 동물의 입을 닫아버렸다. 그러나 대체로 동물들은 이 기념행사들을 즐겼다. 자기들이 진정 남의 지배를 받지 않으며 모든 노동이 스스로를 위한 일임을 상기하면 위안이 되었다. 이렇게 그들은 노래와 행렬, 스퀼러의 수치 목록, 천둥 같은 총성과 수탉의 울음소리, 펄럭이는 깃발 등 이런저런 것들로 일시적이나마 공복을 잊을 수 있었다.

그해 4월, 동물농장이 공화국으로 선포됨에 따라 대통령을 선출해야 할 필요가 생겼다. 후보는 나폴레옹밖에 없었고 그는 만장일치로 선출되었다. 같은 날, 스노볼과 존스의 공모에 관한 더 자세한 내용을 보여주는 새로운 문서가 발견됐다고 발표되었다. 동물들이 애초에 상상했던 바와 달리, 이제 보니 스노볼은 외양간 전투에서 패배하려는 책략을 세웠을 뿐 아니라 아예 대놓고 존스 편에서 싸웠음이 분명했다. 전투에서 인간의 부대를 실제로 지휘하고 "인류 만세!"를 입에 올리며 돌격한 장본인은 사실 다름 아닌 스노볼이라는 것이었다. 또한 여러 동물들의 기억 속에 아직도 생생한 스노볼의 등 부상은 나폴레옹의 이빨에 의한 상처라는 것이었다.

여름이 한창이었을 때, 몇 년 동안 온데간데없었던 까마귀 모세가 홀연 농장에 나타났다. 그는 전혀 달라지지 않았고 여전히 아무런 일도 하지 않았으며, 예전과 다름없는 투로 얼음사탕산에 관한 이야기를 늘어놓았다. 그는 나무 그루터기에 앉아 검은 날개를 퍼덕여가며 자기 얘기를 듣고자 하는 동물이라면 누구든 붙잡고 한번 시작하면 몇 시간씩 이야기를 해주었다. "동지 여러분, 저," 그는 커다란 부리로 하늘을 가리키며 엄숙히 말했다. "저 위, 저기 보이는 저 먹구름 너머에 얼음사탕산이 있소. 우리 불쌍한 동물들이 이 세상 고된 일에서 벗어나 영원한 휴식을 얻을 그 복된 나라가 있소!" 그는 고공 비상을 할 때 한번은 그곳까지 올라갔었다고 주장했다. 영원한 클로버 들판이 있는 그곳에서 아마인 깻묵과 각설탕이 자라는 산울타리를 보았다는 것이었다. 많은 동물들이 그의 말을 믿었다. 그들은 이치를 따져보았다. 현재의 삶은 굶주리고 고되다. 그렇다면 다른 어딘가에 더 좋은 세상이 있어야 옳고 공정하지 않겠는가? 한 가지 알기 힘든 것은 모세에 대한 돼지들의 태도였다. 돼지들은 모두 경멸하듯 그의 얼음사탕산 이야기들이 죄다 거짓말이라는 입장을 분명히 하면서도, 일하지 않는 그에게 매일 맥주를 100밀리리터씩 주면서 농장에 머물도록 내버려두었다.

발굽의 상처가 다 아물자 복서는 한층 더 열심히 일했

다. 그해에는 사실 모두 다 노예처럼 일했다. 각자의 본업과 풍차 재건축 사업 외에도 3월에 새끼 돼지용 교실 건축이 추가되었다. 부족하게 먹으면서 긴 시간을 노동하기가 가끔 견디기 힘들었지만 복서는 흔들림이 없었다. 그의 말이나 행동을 보면 힘이 예전 같지 않다는 기색은 전혀 보이지 않았다. 겉모습이 약간 변했을 뿐이었다. 가죽의 윤기는 예전만 못했고 장대했던 둔부는 오그라든 것 같았다. 동물들은 이렇게 말했다. "봄풀이 나면 복서도 원래의 모습으로 돌아갈 거야." 그러나 봄이 왔는데도 살은 붙지 않았다. 채석장에서 거대한 돌을 끌고 비탈을 올라가며 근육에 힘을 줄 때, 계속하겠다는 의지력 말고는 그를 지탱해줄 아무런 힘도 없는 것 같았다. 그럴 때 그의 입 모양을 보면 "더 열심히 일하자"라고 말하려는 듯했지만 그에겐 목소리를 낼 기운조차 남아 있지 않았다. 클로버와 벤저민이 건강을 돌보라고 다시금 권해도 그는 그 말을 귓등으로 들었다. 그의 열두 번째 생일이 다가오고 있었다. 연금을 받고 은퇴하기 전까지 충분한 돌을 쌓아놓기만 하면 그는 아무래도 괜찮았다.

여름날 저녁 늦은 시간에 갑자기 복서에게 무슨 일이 생겼다는 소문이 돌았다. 풍차 건설 현장으로 돌을 실어 나르러 혼자 나갔다는 것이었다. 아닌 게 아니라 그 소문은 사실이었다. 몇 분 뒤 비둘기 두 마리가 급히 날아와 새로운 소식을 전했다. "복서가 쓰러졌다! 옆으로 쓰러져서 일어나지 못해!"

농장 동물의 절반 정도가 풍차가 있는 언덕으로 달려 갔다. 복서가 달구지의 끌채 사이에 목을 길게 늘어뜨린 채 쓰러져 있었다. 그는 목을 가누지도 못했다. 눈빛이 게슴츠레하고 옆구리는 땀으로 범벅이 되어 있었다. 입에서 가느다란 한 줄기 피가 흘러나왔다. 클로버가 그의 옆에 털썩 무릎을 꿇었다.

"복서!" 그녀가 울부짖었다. "괜찮아?"

"허파가 말썽이야." 복서가 희미한 목소리로 말했다. "상관없어. 내가 없어도 풍차 건설을 끝낼 수 있을 거야. 상당히 많은 돌을 모아놨으니까. 어쨌든 나는 한 달만 더 버티면 되는 거였어. 솔직히 난 은퇴할 때를 고대해왔어. 그리고 벤저민도 늙어가고 있으니 어쩌면 나와 말동무하라고 동시에 은퇴시켜 줄지도 모르지."

"당장 구조를 요청해야 해." 클로버가 말했다. "누가 얼른 달려가서 스퀼러에게 지금 일어난 일을 말해줘."

그곳에 있던 동물들이 모두 즉시 본채로 달려가 스퀼러에게 소식을 전했다. 클로버와 벤저민만이 복서 곁에 남았다. 벤저민은 복서 옆에 말없이 엎드린 채 긴 꼬리를 흔들어 복서에게 날아드는 파리를 쫓아주었다. 15분쯤 지나자 스퀼러가 동정과 우려에 찬 얼굴을 하고 나타났다. 그는 농장에서 가장 충직한 일꾼에게 이런 불상사가 발생했다는 사실에 나폴레옹 동지가 몹시 마음 아파하고 있다면서, 복서를 윌링던에 있는 병원에 보내 치료를 받게 하려고 이미 조치를 취해놓았다고 전했다. 이 말을 들은 동물들은 마음이 약간 불편해졌다. 몰리와 스노볼을 빼면 그동안 농장을 떠나본 동물이 전혀 없는 데다 병든 동지를 인간의 손에 맡긴다는 생각이 영 탐탁지 않았던 것이다. 하지만 스퀼러는 농장에서보다는 윌링던의 외과 수의사에게 데려가야 복서가 더 만족스러운 치료를 받을 수 있을 것이라는 말로 간단히 그들을 설득했다. 30분쯤 지나자 복서가 약간 기력을 되찾아 어렵사리 일어나더니 절뚝거리며 간신히 마구간으로 돌아갔다. 클로버와 벤저민이 그의 자리에 깔짚을 깔아 훌륭한 침대를 마련해주었다.

그 후 이틀 동안 복서는 자신의 마구간 칸막이방에서 나오지 않았다. 돼지들이 화장실 약장에서 발견한 분홍색 약이 든 큰 통을 보내주었다. 클로버는 그것을 하루 두 번 식후에 복서에게 먹였고, 저녁에는 그의 칸막이방에 들어가 곁에 누워 그와 이야기를 나누었다. 벤저민은 옆에서 파리를 쫓아주었다. 복서는 자신에게 일어난 일을 유감스럽게 생각하지 않는다고 잘라 말했다. 건강을 무사히 회복하면 앞으로 3년은 더 살 테고, 그러면 큰 목초지 한쪽 구석에서 보낼 평온한 날들을 고대한다는 얘기였다. 생전 처음 공부를 하고 지력을 닦을 한가한 시간을 갖게 되리라고 그는 생각했다. 자신이 외우지 못한 알파벳의 나머지 스물두 글자를 익히는 데 여생을 바칠 작정이었다.

한편 벤저민과 클로버는 일이 끝난 후에나 복서와 함께 있을 수 있었는데, 복서를 실어 갈 마차가 온 시간은 한낮이었다. 동물들은 모두 돼지의 감독하에 순무밭에서 김을 매고 있다가 벤저민이 목청껏 울부짖으며 농장 건물 쪽에서 질주해 오는 것을 보고 깜짝 놀랐다. 그렇게 흥분한 벤저민을 보는 것은 처음이었다. "빨리, 빨리!" 벤저민이 소리쳤다. "어서들 와! 저들이 복서를 데려가고 있어!" 동물들은 돼지의 지시를 기다릴 새 없이 일을 멈추더니 그대로 달려갔다. 아니나 다를까, 마당에는 말 두 마리가 끄는 마차가 서 있었다. 마차의 대형 유개 화물칸 옆쪽에는 무슨 글자가 쓰여 있었고, 마부석에는 교활해 보이는 남자가 나지막한 중산모를 쓴 채 앉아 있었다. 복서의 마구간 칸막이방은 텅 비어 있었다.

동물들이 마차 주위로 몰려들었다. "안녕, 복서!" 그들은 이구동성으로 말했다. "잘 가!"

"바보들! 바보들!" 벤저민이 그들 주위를 껑충껑충 뛰고 작은 발굽으로 땅바닥을 쾅쾅 구르며 소리쳤다. "바보들아! 저 화물칸 옆에 뭐라고 쓰여 있는지 안 보여?"

그러자 동물들은 하던 짓을 멈추었고, 곧 침묵이 깔렸다. 뮤리얼이 그 단어들의 철자를 천천히 말하기 시작했다. 하지만 벤저민이 그녀를 옆으로 밀치고 나오더니 죽음 같은 고요 속에 마차의 단어들을 읽어 주었다.

"'앨프리드 시먼즈, 말 도축 및 아교풀 제조인, 윌링던. 가죽 및 골분 거래. 개 사료 공급.' 저게 무슨 뜻인지 몰라? 복서를 도살장으로 데려가는 거라고!"

모두에게서 경악에 찬 비명이 터져 나왔다. 마부석의 사내가 말들에게 채찍질을 하자 마차는 경쾌한 속보로 마당을 빠져나갔다. 동물들이 모두 목 놓아 울며 뒤를 따랐다. 클로버가 그들을 헤치고 제일 앞으로 나아갔다. 마차가 속도를 내기 시작했다. 클로버는 뚱뚱한 다리에 힘을 주어 질주를 시도했으나 굼뜬 달음질에 그쳤다. "복서!" 클로버가 소리쳐 불렀다. "복서! 복서!" 바로 그 순간, 밖에서 벌어지는 소동을 들었는지 화물칸 뒤의 작은 창 너머로 콧등에 흰 줄이 있는 복서의 얼굴이 나타났다.

"복서!" 클로버가 소름 끼치는 소리로 외쳤다. "복서! 내려! 빨리 내려! 당신을 죽이려고 데려가는 거야!"

모든 동물이 함께 "내려, 복서, 어서 내려!" 하고 소리쳤다. 하지만 마차는 이미 속력을 올리고 있었고 그들의 간격은 점점 더 벌어졌다. 복서가 클로버의 말을 알아들었는지의 여부는 불분명했다. 하지만 곧 유리창에서 그의 얼굴이 사라지더니, 화물칸 안에서 굉장히 크게 쾅쾅 발을 구르는 소리가 났다. 그는 발로 화물칸을 부수어 탈출하려는 것이었다. 복서가 발굽으로 몇 번만 차도 그것을 산산조각 낼 수 있었던 시절이 있었다. 하지만 아아! 이제는 그럴 힘이 남아 있지 않았다. 발을 구르는 소리는 곧 약해지다가 서서히 잦아들었다. 동물들은 마차를 끄는 말들에게 걸음을 멈춰달라고 자포자기하며 호소하기 시작했다. "동무들, 동무들!" 그들은 소리쳤다. "당신들 동족인데 죽게 데려가지 마시오!" 그러나 그 우둔한 짐승들은 너무도 무지하여 무슨 일이 일어나고 있는지도 모르고 귀를 뒤로 젖히더니 더 빨리 내달릴 뿐이었다. 복서의 얼굴은 유리창에 다시 나타나지 않았다. 너무 늦었다. 누군가 앞서 달려가 다섯 가로장 문을 닫아버릴 생각을 했으나, 마차는 어느새 문을 통과해 빠르게 도로로 질주해 이내 시야에서 사라졌다. 복서는 다시 보이지 않았다.

사흘 뒤, 복서가 윌링던에 있는 병원에서 말이 받을 수 있는 모든 치료를 다 받았으나 그만 사망했다고 공고되었다. 스퀼러가 모두에게 그 소식을 전했다. 그는 자기가 복서의 임종을 지켰다고 했다.

"그렇게 가슴 아픈 광경은 난생처음이었소!" 스퀼러가 앞발을 들어 눈물 한 방울을 훔치며 말했다. "나는 복서가 숨을 거둘 때 그의 곁을 지키고 있었소. 그런데 마지막 순간, 말할 기력조차 거의 없는데도, 그는 귓속말로 자신의 유일한 한은 풍차가 완성되기 전에 세상을 떠나는 것이라고 했소. '앞으로 나아가시오, 동무들! 대반란의 이름으로 전진하시오. 동물농장 만세! 나폴레옹 동지만세! 나폴레옹은 언제나 옳아.' 이것이 그의 유언이었소, 동무들."

그러고 문득 스퀼러의 태도가 돌변했다. 그는 잠시 침묵한 뒤 미심쩍은 듯이 작은 눈으로 좌우를 힐끗힐끗 보았다.

그는 복서를 이송할 당시 어리석고 악의적인 소문이 퍼진 것을 알게 되었다고 말했다. 복서를 실어 간 유개마차에 '말 도축'이라고 쓰여 있는 걸 보고 복서가 도축장에 보내지는 걸로 속단한 동물들이 있었다며, 어떻게 그런 바보 동물이 있을 수 있는지 믿을 수가 없다는 것이었다. 동무들 설마 우리의 경애하는 나폴레옹 동지가 그 정도밖에 안 된다고 생각하는 건 아니겠죠? 그는 양쪽으로 촐랑촐랑 뛰며 꼬리를 획획 흔들면서 분하다는 듯이 소리쳤다. 그 일의 진상은 정말 매우 간단한데, 그 마차는 원래 도축업자가 쓰던 것으로, 수의사가 그걸 사고서 미처 그 전의 상호명을 지우지 못했으며, 그래서 그런 오해가 생겼다는 말이었다.

이 말을 들은 동물들은 크게 안도했다. 복서의 임종과 그가 받은 감복할 만한 보살핌, 나폴레옹이 비용을 생각하지 않고 주저 없이 부담한 비싼 약값 등에 관한 생생하고 자세한 이야기를 더 듣자 동물들의 마지막 의심은 사라졌고, 동지의 죽음을 겪은 비통한 마음 또한 그가 그나마 행복한 죽음을 맞았다는 생각에 누그러졌다.

그다음 일요일 아침 집회에는 나폴레옹이 직접 나와

복서를 기리는 짧은 추도사를 낭독했다. 모두가 애도하는 동지의 유해를 농장으로 모셔 와 매장하려 했으나 그러지는 못하고, 그 대신 본채 뜰의 월계수로 큰 화환을 만들어 복서의 무덤에 갖다놓으라는 지시를 내렸다고 그는 말했다. 또한 돼지들은 며칠 후 복서를 기리는 추도 연회를 열 생각이었다. 나폴레옹은 복서가 입버릇처럼 외던 두 좌우명 '더 열심히 일하자'와 '나폴레옹 동지는 항상 옳다'를 상기시키고, 모든 동물이 그 좌우명을 자신의 것으로 삼으면 좋으리라는 말로 연설을 마쳤다.

연회를 열기로 한 날, 커다란 나무 상자가 윌링던의 식품점 마차에 실려 본채로 배달되었다. 그날 밤 노랫소리가 요란하다가 격렬하게 다투는 듯한 소리로 바뀌더니, 11시쯤 유리가 깨지는 엄청나게 큰 소리와 함께 조용해졌다. 그리고 다음 날 정오까지 본채에는 아무런 기척이 없었고, 돼지들이 어디선가 돈이 생겨 위스키를 한 상자 더 샀다는 소문이 돌았다.

10

오랜 세월이 흘렀다. 계절이 오고 갔고 단명하는 동물들
은 사라져 없어졌다. 이제 클로버와 벤저민, 까마귀 모
세, 그리고 소수의 돼지 외에 대반란 이전의 옛날을 기억
하는 동물은 없었다.

　뮤리얼은 죽었다. 블루벨과 제시, 핀처도 죽었다. 존
스도 죽었다. 그는 다른 지방의 술주정꾼 수용소에서 생
을 마감했다. 스노볼은 잊혔다. 복서도, 그를 알던 몇 안
되는 동물을 제외한 모두에게 잊혔다. 암말 클로버는 이
제 늙어 뚱뚱해졌다. 관절은 뻣뻣하고, 눈에는 자주 눈곱
이 많이 꼈다. 은퇴할 나이는 이미 2년 전에 지났다. 그러
나 사실 이때껏 실제로 은퇴한 동물은 하나도 없었다. 노
쇠한 동물들에게 목초지 한쪽 구석을 할애하리라는 말이

쑥 들어간 지 오래였다. 나폴레옹은 이제 몸무게가 150킬로그램이나 나가는 다 자란 수퇘지가 되어 있었다. 스퀼러는 눈이 파묻혀 앞을 보기 힘들 정도로 살이 쪘다. 벤저민 영감만이 별로 달라진 데가 없었다. 다만 주둥이 주위의 털이 조금 더 희끗희끗해졌고 복서가 죽은 후로는 더 침울하고 말이 없었다.

농장에는 이제 동물들이 더 많아졌지만 초창기에 기대했던 것만큼 늘지는 않았다. 그중 이곳에서 태어난 동물들에게 대반란은 구전된 어렴풋한 전설일 뿐이었고, 그 외에 팔려 온 동물들도 있었는데 이들에게 그런 말은 생전 처음 들어본 것이었다. 이제 클로버 외에 농장 소유의 말은 세 필이었다. 다들 훌륭하고 정직한 짐승이며 자발적인 일꾼이자 좋은 동지였으나 상당히 우둔했다. 그들중 누구도 알파벳의 B 이상을 깨치지 못했다. 그들은 대반란과 동물주의의 원리에 관한 것이라면 무엇이든 다 받아들였다. 자신들이 어버이처럼 존경하는 클로버가 말해주는 것이라면 특히 그랬다. 그러나 들은 만큼 많이 이해했는지는 의심스러웠다.

농장은 이제 더 번창했고 더욱 잘 조직되어 있었다. 필킹턴 씨로부터 밭 두 군데를 사들여 규모를 확장하기까지 했다. 풍차도 마침내 성공적으로 완공되었다. 자체적으로 탈곡기와 건초 승강기를 갖추었고, 다양한 새 건물들도 추가되었다. 윔퍼는 이륜마차를 샀다. 풍차는 결국

전력 발전이 아니라 제분에 쓰였고 이것으로 농장은 상
당한 수익을 올렸다. 동물들은 풍차를 하나 더 세우기 위
해 열심히 일했다. 새로 지을 풍차에는 발전기가 설치되
리라는 말이 돌았다. 하지만 전깃불이 들어오고 온수와
냉수가 나오는 외양간이나 주 3일 노동과 같은, 언젠가
스노볼이 꿈꾸게 해주었던 사치는 더 이상 거론되지 않
았다. 나폴레옹은 동물주의의 정신에 역행하는 그런 생
각들을 규탄했다. 그는 진정한 행복은 근면과 근검 검약
에 있다고 했다.

　어찌 된 일인지 농장은 더 부유해졌는데 동물들 자신
들은 전혀 부유해지지 않은 것 같았다. 물론 돼지와 개는
예외였다. 아마도 부분적으로는 돼지가 그토록 많고 개
도 그토록 많기 때문이었을 것이다. 이 짐승들이 그들 나
름대로 일을 하지 않는 건 아니었다. 스퀄러가 지칠 줄
모르고 해명했듯이 농장에는 관리와 조직에 관련된 업
무가 끊임없었다. 이 중 많은 부분은 다른 동물들이 너무
무지해서 이해할 수 없는 성격의 업무였다. 예컨대 돼지
들은 '파일', '보고서', '회의록', '정관'이라 불리는 불가
해한 것들을 다루는 일에 엄청난 노동력을 쏟아야 한다
고 스퀄러는 말했다. 그 커다란 종이들은 글자로 빽빽이
채워져야 했고, 일단 다 채워지면 난로에 불살라졌다. 이
는 농장의 복지에 더없이 중요하다고 스퀄러는 말했다.
그래도 그렇지, 돼지나 개나 스스로 땀 흘려 생산하는 식

량은 전혀 없는 반면 그들의 수는 굉장히 많고 식욕은 늘 왕성했다.

다른 동물들은 어떠했는가 하면, 그들의 삶은 자신들이 아는 한 늘 그래왔던 대로였다. 대체로 배가 고팠고, 밀짚 위에서 잠을 잤으며, 수조의 물을 마셨고, 힘든 밭일을 했다. 겨울에는 추위로 고생하고, 여름에는 파리들에게 시달렸다. 그들 가운데 나이 든 동물들은 간혹 존스가 추방된 지 얼마 안 되었던 대반란 초기에는 지금보다 형편이 좋았는지 나빴는지 판가름하려고 희미한 기억을 짜내려 애를 쓰기도 했다. 그러나 기억이 나지 않았다. 현재의 삶과 비교할 만한 아무런 기준이 없었다. 스퀼러의 수치 목록은 언제나 모든 것이 점점 더 좋아지고 있음을 보여주었지만, 그것을 빼면 동물들이 판단의 근거로 삼을 만한 것이 전혀 없었다. 그들은 이 문제는 풀 수 없는 것임을 깨달았다. 여하튼 이제는 그런 문제를 깊이 생각할 시간도 없었다. 벤저민 영감만이 자신이 오랜 세월 살아오며 본 모든 일을 전부 기억한다고 주장했다. 세상은 늘 그래왔듯이 앞으로도 더 좋아지거나 나빠지지 않을 것이라고, 굶주림과 고난과 실망은 세상 불변의 법칙이라고 그는 말했다.

그렇지만 동물들은 희망을 버리지 않았다. 또한 자신들이 동물농장의 일원이라는 점에 대한 명예심과 특권의식을 한순간도 잊지 않았다. 여전히 그들의 농장은 이

주(州) 전체에서—전 영국에서!—동물이 소유하고 경영하는 유일한 농장이었다. 그들 중 누구도, 심지어 가장 어린 동물도, 또 20-30킬로미터 떨어진 농장에서 새로 온 동물들까지도 그 사실에 놀라움을 금치 못했다. 총성을 듣거나 깃대 꼭대기에서 녹색기가 나부끼는 것을 볼 때마다 그들은 가슴 벅찬 긍지를 느꼈고, 그러면 화제는 늘 옛날 영웅시대와 존스의 추방, 벽에 쓴 7계명, 인간의 침략을 물리쳤던 위대한 전투에 관한 이야기로 옮겨 갔다. 옛꿈은 어느 것도 폐기되지 않았다. 메이저의 예언처럼 영국의 푸른 들판이 인간의 발에 밟히지 않을 동물 공화국의 존재를 그들은 여전히 믿고 있었다. 그 나라가 언젠가는 도래하리라고, 금방은 아니더라도, 현재 살아 있는 동물들의 생전에는 오지 않을지 몰라도 어쨌든 도래하리라는 것이었다. 〈영국의 짐승들〉이라는 곡도 여기저기서 은밀히 흥얼흥얼 불리고 있을지 모를 일이었다. 어쨌든 아무도 크게 부를 엄두는 못 낼지라도 농장의 모든 동물이 그 곡을 알고 있는 건 사실이었다. 삶이 고달프고 모든 꿈이 실현되지는 않았을지 몰라도 그들은 자신들이 여느 동물과 다르다는 것을 의식하고 있었다. 굶주리더라도 포학한 인간에게 양식을 공급하기 때문이 아니었다. 힘들게 일하더라도 그건 최소한 자신들을 위해서였다. 그들 가운데 어떤 동물도 두 다리로 걷지 않았다. 어떤 동물이든 다른 동물을 '주인'이라 칭하지 않았다. 모든 동물은 평등했다.

초여름 어느 날, 스퀼러가 양들에게 따라오라고 지시하고 농장 저편 끝, 어린 자작나무가 무성하게 자라난 공터로 그들을 인솔해 갔다. 그들은 스퀼러의 감독하에 온종일 어린잎을 뜯어 먹었다. 저녁이 되자 그는 양들에게 날이 따뜻하니 그냥 그곳에 있으라고 말하고는 본채로 돌아갔다. 결국 그들은 한 주 내내 그곳에 머물렀고, 그동안 다른 동물들은 그들을 전혀 보지 못했다. 스퀼러는 매일 대부분의 시간을 그들에게 가서 보냈다. 양들에게 새 노래를 가르치고 있으며, 그건 비공개로 진행되어야 한다고 그는 말했다.

날씨 좋은 어느 날 저녁, 양들이 돌아온 직후의 일이었다. 동물들이 일을 마치고 농장 건물로 돌아가는 길에 마당에서 겁에 질린 말의 울음소리가 들려왔다. 동물들은 깜짝 놀라 그대로 걸음을 멈췄다. 클로버의 소리였다. 다시 그녀의 울음소리가 울리자 모두 내달아 급히 안마당으로 들어갔다. 그리고 그들은 클로버가 본 것을 보았다.

그것은 뒷다리로 걷는 돼지였다.

다름 아닌 스퀼러였다. 두 다리로 거구를 지탱하는 것이 그리 익숙하지 않은지 약간 서툴긴 해도 완벽한 균형을 유지하며 마당을 가로질러 어슬렁어슬렁 걷고 있었다. 그리고 잠시 후, 본채 문으로 돼지들이 모두 길게 줄지어 두 발로 걸어 나왔다. 어떤 돼지들은 다른 돼지들보다 잘

걸었고 지팡이가 있었더라면 좋았을 듯 약간 비틀거리는 돼지도 한둘 있었지만, 모두 다 성공적으로 마당을 한 바퀴 돌았다. 그런 뒤 마침내 개가 무시무시하게 짖는 소리에 이어 검은 수탉의 날카로운 울음소리가 나더니 나폴레옹이 당당한 직립 자세로 나오면서 거만하게 흘끗흘끗 좌우를 살폈다. 개들은 그를 둘러싸고 깡충거렸다.

그는 앞발에 채찍을 들고 있었다.

모두 쥐 죽은 듯 조용했다. 아연실색하고 간담이 서늘해져 서로 꼭 붙어 한데 모인 동물들은 돼지들이 길게 줄지어 마당을 천천히 도는 광경을 지켜보았다. 세상이 뒤집힌 듯했다. 그러자 곧, 개들에 대한 공포가 있다 하더라도, 무슨 일이 있어도 절대로 불평과 비판을 하지 않는 습관이 오랜 세월에 걸쳐 들었음에도 불구하고, 최초의 충격이 가셨을 때 동물들에게서 어떤 항변이 터져 나올 법도 할 순간이 왔다. 바로 그때, 어떤 신호라도 받은 듯 모든 양이 일제히 크게 매애매애 소리를 지르기 시작했다.

"네 다리는 선, 두 다리는 더 큰 선! 네 다리는 선, 두 다리는 더 큰 선! 네 다리는 선, 두 다리는 더 큰 선!"

이 소리가 5분 동안 그침 없이 계속되었다. 양들이 잠잠해졌을 때는 이미 항변할 기회가 지나갔다. 돼지들이 도로 본채로 행진해 들어가 버렸기 때문이었다.

벤저민은 누군가 코로 어깨를 비비는 것을 느꼈다. 뒤돌아보니 클로버였다. 노화한 눈이 부쩍 더 흐려 보였다.

클로버는 아무 말 없이 그의 갈기를 살짝 잡아당기고서 7계명이 쓰여 있는 큰 헛간 한쪽 끝으로 앞장서 갔다. 1-2분 동안 그들은 흰 글자가 쓰여진 콜타르 벽을 응시했다.

"내 시력이 약해지고 있어. 젊었을 때도 저기에 뭐라고 쓰여 있는지 읽으려 해도 읽을 수 없었을 거야. 하지만 저 벽이 달라 보이는 것 같아. 7계명이 예전 그대로야?"

이번만은 벤저민도 마지못해 자신의 규칙을 깨고 벽에 쓰여 있는 것을 소리 내 읽었다. 거기엔 단 하나의 계명만 있었다.

모든 동물은 평등하다
그러나 어떤 동물은 다른 동물보다 더 평등하다

그러고 나니 이튿날 농장 일을 감독하는 돼지들의 발에 채찍이 들려 있는 게 이상해 보이지 않았다. 돼지들이 무전기를 사고, 전화를 신청해 설치하고, 《존 불》이며 《팃빗츠》며 《데일리 미러》지를 구독한다는 것을 알았을 때도 이상해 보이지 않았다. 나폴레옹이 담배 파이프를 입에 물고 본채 뜰을 거니는 것도 이상해 보이지 않았다. 그렇기는커녕 심지어 돼지들이 존스 씨의 옷장에서 옷을 꺼내 입고 다녀도, 나폴레옹이 검은색 외투에 승마 바지와 가죽 각반 차림으로 나타나도, 그가 총애하는 암컷이 존스 부인의 나들이옷인 물결무늬 비단 드레스를 입고 나타나도 이상해 보이지 않았다.

그로부터 일주일이 지난 어느 날 오후, 농장에 이륜마차 여러 대가 달려와 섰다. 인근 농부들로 이루어진 사절단이 농장 시찰 초청을 받고 온 것이었다. 그들은 안내를 받아 농장 곳곳을 구경했고, 특히 풍차에 크게 감탄했다. 동물들은 순무밭에서 김을 매고 있었다. 고개도 들지 않고 열심히 일했다. 그들은 돼지들과 인간 방문객들 중 어느 쪽을 더 무서워해야 할지 알 수 없었다.

그날 저녁 본채에서 요란한 웃음소리가 들리는가 하면 간간이 노래도 터져 나왔다. 인간과 돼지의 음성이 뒤섞인 소리를 듣자 동물들은 갑자기 호기심에 사로잡혔다. 그 안에서 대체 무슨 일이 일어나고 있는 걸까?

동물과 인간이 처음으로 대등하게 만나고 있었으니 말이다. 그들은 누가 먼저랄 것도 없이 일제히 최대한 소리를 죽여 본채에 붙은 뜰 안으로 살금살금 들어가기 시작했다.

뜰로 들어가는 문에 이르자 자못 겁이 나 걸음을 멈췄지만, 클로버가 앞장서 들어갔다. 그들은 발소리를 죽여 집까지 바싹 다가갔고, 키가 큰 동물들은 식당의 창 안을 가만히 들여다보았다. 그곳 긴 식탁에 농부 여섯과 돼지들 중에서도 지위가 높은 돼지 여섯이 빙 둘러앉았고 나폴레옹 자신은 상석을 차지하고 있었다. 의자에 앉아 있는 돼지들의 모습은 더없이 편해 보였다. 참석자들은 카드놀이를 하다가 축배를 들려는지 잠시 손을 놓은 참이었다. 그들은 커다란 맥주 조끼를 차례로 돌리며 잔들을 새로 채웠다. 누구도 동물들이 미심쩍은 얼굴로 안을 들여다보고 있다는 사실을 알아채지 못했다.

폭스우드의 필킹턴 씨가 잔을 들고 일어섰다. 그는 좌중에게 축배를 들자고 할 참이지만 먼저 간단한 인사말을 해야 할 의무를 느낀다고 말했다. 오랜 불신과 오해의 시대가 이제 종식되었다고 생각하니—자신뿐만 아니라 좌중이 모두 같은 생각이리라 확신하는데—대단히 만족스럽다고 그는 말했다. 한때 인간 이웃들은—필킹턴 자신이나 이 자리에 참석한 인간들이 그 같은 감정을 가졌던 것은 아니지만—어쨌든 한때 그들은 동물농장의 존경받는 소유주들을 필킹턴 자신의 생각에 적의까지는 아니고 어느 정도 불안한 마음을 가지고 바라본 적이 있었다. 그간 불상사가 일어나기도 하고 오해가 만연하기도 했다. 돼지들이 소유하고 경영하는 농장의 존재는 왠지 비정상적이며 이로써 자칫 인근 지역이 동요될 수 있다고 생각되었다. 너무 많은 농부들이 제대로 알아보지도 않고, 그런 농장에는 당연히 방종한 정신과 해이한 기강이 팽배하리라고 생각했다. 그들은 자기들의 동물이나 심지어 인간 고용인들에게 그런 영향이 미칠까 봐 걱정했다. 하지만 그 모든 의혹은 이제 풀렸다. 오늘 그와 그의 친구들이 동물농장을 방문해서 자신들의 눈으로 구석

구석 시찰하며 발견한 게 무엇이었을까? 최신 경영 방식 뿐 아니라 방방곡곡 모든 농부들에게 귀감이 될 기강과 규율이었다. 동물농장의 하급 동물들은 이 주의 다른 농장 동물들보다 일을 더 많이 하며 식량은 더 적게 받는다고 자기가 말한 것은 옳았다고 생각했다. 사실 그와 동료 시찰단은 오늘 자신들의 농장에 즉시 도입하고 싶은 많은 두드러진 점들을 관찰했다.

그는 동물농장과 인근 농장들 사이에 존속하는, 또 존속해야만 하는 우정을 다시금 강조하면서 이야기를 마치겠다고 했다. 돼지와 인간 사이에는 어떤 이해의 충돌도 없었으며, 있어서도 안 된다고 그는 말했다. 그들의 고투와 고난은 일치했다. 노동 문제는 어디를 가나 마찬가지 아니었던가? 이 지점에서 필킹턴 씨는 정성 들여 준비한 재담을 좌중에게 내놓을 참이었지만, 잠시 너무 우습다는 기분에 압도되어 그 말을 꺼내지 못했던 게 분명해졌다. 그는 몇 겹의 턱이 새빨개지도록 감정을 잔뜩 억누른 끝에 겨우 그 말을 꺼냈다. "여러분에게 싸워야 할 하급 동물이 있다면, 우리에게는 하층 계급이 있잖습니까!" 이 재치 있는 말에 좌중은 폭소를 터뜨렸다. 이어 필킹턴 씨는 자기가 동물농장에서 목격한바, 배급량은 적고 노동 시간은 길며, 전반적으로 동물들을 애육하지 않는 것에 대해 다시금 돼지들에게 축하를 해주었다.

마침내 그는, 그러면 이제 모두 일어나 잔이 가득 찼는지 확인하라고 하고 다음과 같은 말로 끝을 맺었다. "신사 여러분, 신사 여러분, 건배합시다. 동물농장의 번영을 위하여!"

모두 열렬히 환호하며 발을 굴렀다. 마음이 흐뭇해진 나폴레옹은 자리에서 일어나 식탁을 빙 돌아오더니 필킹턴 씨와 잔을 맞부딪치고 쭉 들이켰다. 환호성이 가라앉자, 계속 그대로 서 있던 나폴레옹이 자기도 할 말이 조금 있다는 뜻을 비쳤다.

나폴레옹의 연설은 언제나 그렇듯 짧고 간단명료했다. 그는 자신 또한 오해의 기간이 끝나서 기쁘다고 했다. 오랫동안 그와 그의 동료들의 세계관에 전복적이고 심지어 혁명적인 무언가가 있다는—악의에 찬 어떤 적이 퍼뜨렸으리라고 생각할 근거가 있는—소문이 돌았다. 동물들을 선동해 반란을 꾀한다고 알려졌다. 그보다 더 사실과 다른 것은 없었을 것이다. 하지만 그것은 전혀 사실이 아니었다! 지금도 그렇지만 과거에도 그들의 유일한 희망은 이웃들과 정상적인 거래 관계를 유지하며 평화롭게 사는 것이었다. 영광스럽게도 자신이 감독하고 있는 이 농장은 협동 사업이라고 그는 덧붙였다. 그가 가지고 있는 부동산 권리증서는 돼지들의 공동소유였다.

그는 이전의 의심들이 하나라도 남아 있다고는 생각하지 않는다고 말했다. 그뿐 아니라 최근 농장 일과에 다소의 변화가 있었으며, 이것이 신뢰를 더욱 진작하는 효과를 불러오리라고 했다. 지금껏 농장 동물들 사이에는 서로를 '동무'라고 부르는 다소 멍청한 관행이 있었는데, 이 관행이 금지될 예정이었다. 또 매주 일요일 아침이면 앞뜰의 말뚝에다 아예 못 박아 고정해둔 수퇘지의 해골 앞을 지나가는, 그 유래를 알 수 없는 아주 이상한 관행 역시 금지될 것이며, 해골은 이미 땅에 묻어버렸다고 했다. 이어 그는 방문객들이 깃대 꼭대기에 걸려 휘날리는 녹색기를 유심히 봤는지 모르겠지만, 혹시 그랬다면 전에 있던 흰 발굽과 뿔 그림이 지워졌다는 사실을 알아차렸으리라면서, 이제부터 녹색기에는 아무런 무늬도 없을 것이라고 했다.

또 그는 덧붙이기를, 필킹턴 씨의 훌륭하고도 우호적인 연설에 단 하나 흠이 있다면 그것은 '동물농장'이라는 말을 언급했다는 점이라고 했다. 나폴레옹 자신이 이 자리에서 최초로 발표하는 것이므로 필킹턴 씨가 알았을 리는 물론 만무하지만 '동물농장'이라는 명칭은 폐지되었다. 이제부터 이 농장은 '장원농장'으로 통할 것이며, 그가 생각하기에는 이것이 정확한 원래의 명칭이었다.

"신사 여러분, 아까와는 다른 형태로 건배를 제안하고 싶습니다. 잔을 가득 채우십시오. 신사 여러분, 건배합시다. 장원농장을 위하여!"

아까와 같은 열렬한 환호성이 터져 나왔고, 그들은 한 방울도 남김 없이 잔을 비웠다. 그런데 밖에서 그 광경을 지켜보던 동물들이 보기에 무언가 이상한 일이 일어나고 있는 것 같았다. 돼지들의 얼굴에서 변한 것은 무엇이었을까? 클로버는 침침한 노안으로 이 얼굴 저 얼굴을 쳐다보았다. 턱이 다섯 겹인 돼지들이 있는가 하면 네 겹인 돼지들도 있고 세 겹인 돼지들도 있었다. 그렇지만 서서히 사라지면서 변하는 것 같았던 것은 무엇이었을까? 그때 박수갈채가 그치더니 다들 카드를 집어 들어 중단된 놀이를 이어갔고, 밖에 있던 동물들은 조용히 그곳을 빠져나갔다.

하지만 동물들은 20미터도 채 못 가서 우뚝 멈췄다. 본채에서 한바탕 왁자지껄한 소리가 들려오고 있었다. 그들은 서둘러 돌아가 다시 창 안을 들여다보았다. 고함 소리와 식탁을 탕탕 치는 소리, 매섭게 흘겨보는 의심의 눈초리, 맹렬한 부정. 불화의 원인은 나폴레옹과 필킹턴이 동시에 스페이드의 에이스를 내놓은 것인 듯했다.

열두 목소리가 성을 내며 고함을 지르고 있는데 그 모습이 모두 비슷했다. 이제 돼지들의 얼굴이 어떻게 되었는지에 대해서는 의문의 여지가 없었다. 바깥의 동물들은 돼지를 보다가 인간을 보고, 인간을 보다가 돼지를 보고, 다시 돼지를 보다가 인간을 보았다. 하지만 어느새 어느 쪽이 어느 쪽인지 분간하기가 불가능했다.

1943년 11월-1944년 2월

해설 ——— 유토피아의 환상과 희망

공진호

> 우리는 자유롭지 않고 안전하지 않고
> 정직하면 살아남기가 거의 불가능한 세상에 살고 있다.
> ―조지 오웰, 『위건 부두로 가는 길』

소년기에 품기 시작한 사회주의 사상을 무덤까지 가져간 오웰은 『동물농장』으로 사회주의 역사와 볼셰비키 혁명을 다룬다. 고전 경제학과 마르크스주의, 혁명, 지도자의 자질, 스탈린과 트로츠키의 갈등, 숙청, 개인숭배, 히틀러의 배신까지 모두 이 짧은 이야기 속에 담겨 있다.

　반유토피아적 풍자 소설이면서 알레고리이기도 한 『동물농장』은 다른 무엇보다 우화다. 오웰은 'a fable' 대신 'a fairy story'라는 부제를 붙였지만 뜻은 똑같다. 우화는 "동물이나 무생물에 인간의 언어와 관습을 부여하여 도덕적 교훈을 전하는 짧은 글"이다. 우리가 대부분의 우화에서 기대하는 교훈은 덕행에 따르는 보답인데, 『동물농장』에서는 악을 행하는 돼지들이 보상을 받는다. 이 구성에서 두드러지게 사용되는 수사법은 구조적 아이러니다. 따라서 순진해빠진 모자란 동물들의 상황 판단은 독자인 우리와 크게 다르다. 이를 바탕으로 더 나아가 우리가 등장인물들이 예상하지 못하는 결과를 예상할 수 있다면 극적 아이러니의 효과가 극대화된다.

풍자는 대상을 익살맞게 조롱하고 결점을 부각하여 비판한다. 오웰이 동물을 등장인물로 쓴 주된 이유는 인간의 결점을 부각해 조롱하기에 용이하기 때문이었을 것이다. 『동물농장』에서는 러시아 혁명의 지도자들이 바로 그 대상이다. 그들과 그들의 언행을 무비판적으로 받아들이는 동물들도 마찬가지다.

『동물농장』은 또한 알레고리로서, 오웰이 밝힌 바대로 소련의 스탈린 정권을 비판한다. 알레고리는 "글자 그대로의 뜻이나 뚜렷한 뜻 뒤에 숨겨진 별개의 뜻을 가진 이야기 또는 시각 형상이며, 알레고리의 주된 기법은 추상적 속성에 인간의 모습을 부여하는 의인화"*다. 『동물농장』의 "숨겨진 별개의 뜻"이 스탈린 정권임을 염두에 두고 그 시대적 상황을 살펴보고 나면 등장인물들이 누구를 상

* Chris Baldick, *The Concise Oxford Dictionary of Literary Terms*, 5.

징하는지 알 수 있을 것이다. 이 이야기를 이루는 매우 세밀하고 구체적인 상징은 소련과 마르크스주의에 대해 많은 것을 알려준다. 구체적으로는 소련에 대한 풍자이지만 1947년 오웰은 "독재 일반을 풍자하기 위해"* 쓴 이야기라고 밝혔다. 그렇다면 돼지 나폴레옹은 일차적으로 스탈린이지만 더 나아가 모든 독재자를 상징한다.

그러나 『동물농장』은 단순한 우화로 읽어도 그만이고 정교하게 구성된 풍자 소설로도 읽을 수 있다. 『동물농장』은 자신이 "가장 땀을 흘려 쓴 이야기"라고 오웰은 말했다. 그 안에는 당시의 정치적 사건들이 빼곡히 숨겨져 있다. 각 장별로 좀 더 자세히 알아보겠다.

구성

1

『동물농장』의 제일 첫 문장은 '존스'와 '장원농장'으로 시작한다. 시작이 그렇다는 점을 기억하면 제일 끝 문장을

---

* J. R. Hammond, *A George Orwell Companion: A guide to the novels, documentaries and essays* (London: The Macmillan Press, 1982), 162.

읽고 처음으로 돌아가 전체 구조가 순환적임을 깨닫게 된다. "Mr. Jones, of the Manor Farm"으로 시작한 이야기는 "it was impossible to say which is which."로 끝난다. 장원농장의 존스 씨(인간)와 돼지가 "어느 쪽이 어느 쪽인지(which is which)" 구분이 안 된다. 마지막 단어 'which'는 독자의 시선을 제일 첫 문장의 'Mr. Jones'로 되돌린다. 영원히 되풀이되는 우화임이 암시되어 있다.

장원농장의 '장원(Manor)'은 물론 봉건 사회와 관련된 이름이다. '존스'가 제정러시아의 마지막 황제 니콜라이 2세(1868-1918)를 상징한다는 것을 감안하면 '장원'이라는 배경은 아주 적절하다. 영국에서 매우 흔한 이름임을 떠올리면 존스는 니콜라이 2세라는 일차적 상징에 머물지 않고 1917년 러시아 혁명 이전의 지배 계층을 비롯한 모든 억압자에 대한 상징임을 짐작할 수 있다. 이렇게 장원농장과 존스라는 인물에 역사적 배경이 압축되어 있는 첫 단락은 짧지만 존스라는 인물과 시대를 짐작하게 한다.

존스는 전등이 아닌 등유 랜턴으로 불을 밝히던 시대에 살고 있다. 맥주도 병이나 캔이 아닌 배불뚝이 나무 술통의 꼭지에서 뽑아 마시던 시대다. 술에 취한 채 닭장 문단속을 하는 존스는 사람이 드나드는 문은 잠그면서 닭이 드나드는 작은 문은 닫지 않는다. 닭들을 여우 같은 들짐승의 위험에 노출시키는 것을 보면 가축을 잘 돌보지 않는 농부임을 알 수 있다.

동물들은 존스가 문단속을 하고 집에 들어가 잠들었을 안전한 때를 기다렸다가 메이저라는 "우량 중형 백돼지"* 의 꿈 이야기를 듣기 위해 모인다. 메이저의 "자르지 않은 엄니"는 존스가 그것을 위협으로 느끼지 않았거나 경시했음을 암시한다(니콜라이 2세는 레닌을 처형하지 않고 추방하기만 했다). 메이저라는 이름**이 군대 계급의 소령을 뜻하기도 한다는 점을 상기하면 동물들이 입장하는 순서와 자리에 서열이 이미 존재하고 있었음을 짐작할 수 있다. 이렇게 러시아 혁명과 소련 전체주의에 대한 알레고리의 틀이 놓인다.

---

* "우량 중형 백돼지"로 옮긴 "the prize Middle White boar"는 1900년대 초 영국의 농부들이 탐내던 인기 돼지 종자였다. 주둥이가 유난히 짧게 짜부라진 이 흰색 돼지는 비육돈으로 사육되었다. 메이저는 우량(prize)종으로 가축 품평회에 출품된 적이 있으며 아이러니하게도 그의 출품명은 "윌링던의 미인"이다. 동물들의 이름은 존스가 평소 별명으로 부르던 이름일 것이다.
** 메이저(Major)는 인명으로 쓰이기도 하지만 보통명사로는 군대의 '소령' 또는 특정 그룹 내의 '우월한 사람'을 뜻한다. magnus라는 라틴어 어원을 가진 '위대한'이라는 뜻의 형용사로도 쓰인다.

메이저는 철학자 카를 마르크스이면서 뛰어난 웅변가 레닌이다. 메이저는 과거에 불렀다는 〈영국의 짐승들〉을 알려주어 동물들의 결속을 꾀하고 '대반란'의 촉매제가 될 유토피아의 꿈을 심어준다. 존스만 제거하면 모든 문제가 해결될 것이라며 유토피아의 환상을 불러일으킨다. '동무/동지(comrade)'라는 공산주의 사회 특유의 호칭으로 동물들을 결속시키고 선동한다.

메이저는 동물 사회를 지배하는 해악은 인간의 잔인한 권력 남용, "폭정에서" 나온다며 동물들의 비참한 삶과 인간의 악행을 열거한다. 그 악행에 근거해 동물주의(공산주의 또는 1912년에 결성된 볼셰비키당의 사상)의 7계명이 만들어지는데, 이는 거꾸로 돼지들 자신들에 대한 판단의 잣대가 된다. 이것은 이야기 전체를 관통하는 아이러니의 하나다. 또한 〈영국의 짐승들〉의 "황금의 미래"는 반(反)유토피아적 주제에 대한 아이러니의 초석으로 기능한다. 소설이 끝나갈 무렵 농장의 현실은 유토피아와 정반대가 되어 있다. 인간은 악해도 동물은 선하리라는 단순한 가정에서 출발한 꿈은 깨질 수밖에 없는 것이다. 동물들에게 혁명이라는 선물을 준 메이저는 레닌이 그랬듯 권력의 공백을 남기고 죽는다. 그리고 그 공백을 돼지 나폴레옹(스탈린)이 독차지한다.

메이저의 연설은 마르크스와 엥겔스의 『공산당 선언』 (1848)에 근거한다. 마르크스의 사상에 영향받은 레닌처럼 메이저는 동물의 삶을 "비참과 예속"의 삶이라고 말한다. 그는 동물은 "생산은 하지 않고 소비만 하는" 인간에게 착취당해 왔다면서 인간을 동물의 유일한 적으로 규정한다. 자본가는 노동자(프롤레타리아)를 착취한다고 마르크스가 말했듯 인간은 동물을 착취한다고 메이저는 말한다. 마르크스는 노동자가 노동의 대가를 제대로 받지 못하며, 유일한 해결책은 자본가에 대항하는 것이라고 생각했다.

메이저는 동물들을 "동무들"이라고 동등한 관계의 친구 같은 호칭으로 불러 모두가 동등하다는 느낌을 갖게 한다. 그는 "내가 동무들 곁에 있을 시간이 몇 달 안 남은 듯하오"라는 말로 동물들의 동정심에 호소하고 집중할 것을 요구한다.

〈영국의 짐승들〉은 국제노동자협회 혁명가 〈앵테르나쇼날〉*을 패러디한 것이다. "가슴을 벅차오르게" 하는 〈영국

* 〈앵테르나쇼날(L'Internationale)〉은 19세기 프랑스에서 사회주의 운동가요로 만들어져 1889년 제2인터내셔널 사회 노동 연합에서 공식 혁명가로 지정된 후 공산주의자를 비롯한 좌익 운동 단체들의 혁명가로 채택되었다.

의 짐승들〉은 죽어서 영원히 돌아오지 않는 사랑하는 이를 노래하는 미국 민요 〈클레멘타인〉과 멕시코의 혁명가 〈라 쿠카라차〉를 합친 것이다. "녹색기 훈장"을 비롯해 "1등 훈장"이니 "2등 훈장"이니 하는 것은 '레닌 훈장' 등 각종 "훈장을 수여하기 좋아하는 소련 정부를 조롱"*한 것이다.

2

존스는 세례요한 축일 전야에 인근 윌링던에 있는 술집 붉은 사자에서 밤새도록 술을 마시고 한낮에 집으로 돌아와 《뉴스 오브 더 월드》라는 대중지를 얼굴에 뒤집어쓰고 잠을 잔다. 축일인데도 하루 종일 굶주린 동물들은 곳간에 침범하고 존스와 하인들의 채찍질에 대항해 싸워서 그들을 농장에서 몰아낸다(1917년 러시아 혁명). 그것을 본 존스 부인은 몰래 농장을 빠져나가고 "염탐꾼이자 말전주꾼이요, 영리한 이야기꾼"인 까마귀 모세가 그녀의 뒤를 따른다.

1917년 제정러시아 황제 니콜라이 2세의 폭정과 만연한

---

* Harold Bloom (ed.), *Bloom's Modern Critical Interpretations: George Orwell's Animal Farm* (New York: Infobase Publishing, 2009), 27.

빈곤에 시달린 민중이 거리로 쏟아져 나왔고 이 반란은 전면적 혁명으로 바뀌었다. 반란을 진압해야 할 군대가 민중의 편에 서서 황제를 끌어내리고 새로운 정부가 권력을 장악했다. 블라디미르 일리치 레닌과 레온 트로츠키가 이끄는 러시아 공산당은 국호를 소비에트사회주의공화국연방(USSR)으로 바꾸고 '소련'이라는 이름으로 세계 무대에 이름을 알렸다. 공산주의를 표방하는 강대국의 출현에 미국과 유럽의 지배 권력들은 큰 위협을 느꼈다. 그들은 평등과 사회 정의를 내세운 공산주의 사상이 자본주의 국가들에 번지면 사회 불안이 야기될 것이라고 걱정했다. 프레더릭과 필킹턴이 "동물농장에서 벌어지고 있는 가공할 패악"에 대해 떠드는 것은 그런 맥락이다. 공산주의와 자본주의의 이데올로기적 갈등은 주요 국제 분쟁의 지속적인 원인이 되었다.

오웰은 세례요한 축일(Midsummer's Day)을 대반란의 날로 선택하고 동물들에게 승리를 안겨준다. 셰익스피어의 희극 『한여름 밤의 꿈(*A Midsummer Night's Dream*)』처럼 유머러스하고 멋지게 앙갚음을 한 짐승의 날이다. 동물들은 승리를 자축한 뒤 법을 제정한다. 메이저가 피력한 인간의 "악습"을 경계하는 동물주의는 "불변의" 7계명(레닌의 볼셰비키 10계명)으로 구체화되고 장원농장은 동물농장으로 이름이 바뀐다. 이 '불변의' 법은 돼지들에게는 가변적이지만 동물들의 "굶주림과 고난과 실망은 세상 불변의 법칙"이다. "우리의 삶은 비참하고 고되고 짧소"라는 메이저의 말도 역시 불변이다.

스노볼(트로츠키)은 메이저가 설파한 유토피아의 꿈(마르크스레닌주의의 꿈)에 헌신적이다. 그는 "쾌활하고 말주변이 좋고 창의적"이나 "나폴레옹만큼 속이 깊지는 않다"고 여겨지는 사상가다. 나폴레옹(스탈린)은 동물농장에서 유일한 버크셔종 흑돼지(실제로 희귀종이다)로 "거대하고 꽤나 사나워 보이며 비록 말수는 없지만 자기가 원하는 것은 얻어내고야 만다". 말주변이 뛰어나서 "검은색을 흰색으로 바꿀 수도 있으리라"는 스퀼러는 선전책이다. 모든 독재자는 자신의 행위를 좋게 해석하고 포장해줄 선전기관을 필요로 한다. 구소련에서는 공산당 중앙기관지 《프라우다》가 그런 역할을 했다.

까마귀 모세는 마르크스가 말한 인민의 아편인 종교다. 검은 예복을 입은 러시아 정교회 사제라고 할 수 있다. 니콜라이 2세와 황후의 신임을 얻었던 성직자 라스푸틴으로도 생각된다. 존스의 아내와 모세가 농장을 빠져나간 것을 보고 우리는 니콜라이 2세의 황후와 라스푸틴을 떠올릴 수 있다. 성경의 모세처럼 젖과 꿀이 흐르는 약속의 땅을 알리는 까마귀 모세는 "얼음사탕산"의 존재를 전파한다. 독재자들이 기독교의 영원한 천국에 대한 약속으로 비참한 민중의 불만을 누그러뜨리려 한 것처럼 모세는 동물들이 죽어서 가게 될 곳에 대한 환상을 퍼뜨린다. 돼지들이 대반란 때 인간을 따라 도망쳤던 모세에게 "매일 맥주를 100밀리리터씩" 후히 대접하며 농장에 머물도록 하는 이유가 바로 그것이다.

술독에 빠져 사는 존스는 제정러시아의 마지막 황제 니콜라이 2세처럼 어리석고 무능하다. 그는 "윈저체어"에 앉아 신문을 읽거나 술을 마시며 까마귀 모세에게 먹이를 주면서 시간을 보내기도 한다. '윈저'는 영국 왕가의 공식 관저인 윈저 궁전이 있는 곳이다. 그런데 존스의 거실 벽난로 위에는 "빅토리아 여왕의 석판 초상화"가 걸려 있다. 니콜라이 2세의 황후는 영국 빅토리아 여왕이 총애하는 손녀였다. 이 같은 단서들은 모두 존스가 니콜라이 2세를 상징한다는 것을 말해준다. 한편 대반란에 성공한 동물들이 존스의 주택에 침입하는 부분은 1917년 10월 볼셰비키들의 겨울궁전 점거에 대응한다.

2장은 돼지들의 배신으로 끝난다. 사라진 우유는 신흥 권력 그룹으로 부상한 돼지들의 부패를 알리는 경종이다. 환상과 현실이 충돌하고 언어가 혼탁해지며 동물들은 그 언어에 기만당하기 시작한다. 그리고 돼지들은 특권층으로 발돋움한다.

3

동물들은 "존스와 그의 머슴들이 예년에 들였던 시간보다 이틀이나 일찍 수확을 마쳤다. 게다가 수확량은 농장 역사상 최고"였고 "음식은 한 입 한 입 짜릿하고 확실한 즐거움을 주었다. (……) 그들 자신의 힘으로 생산한, 진정한 그들의 음식이었기 때문이다. 쓸모없는 기생충 같은 인간들이 없으니 모두에게 먹을 것이 더 많이 돌아갔다." 이 대목을 보면 진정한 사회주의는 능률적이며 행복에 이르는 길임을 믿을 수 있을 것 같다.

스노볼은 동물주의를 정리한 7계명이 "네 다리는 선, 두 다리는 악"이라는 금언으로 축약될 수 있다고 선언한다. 사라진 우유의 행방이 밝혀지고 사과와 함께 우유도 돼지들의 몫임을 동물들은 그대로 받아들인다. "모든 동물은 평등하다"는 일곱 번째 계명이 그 금언에 교묘히 흡수된 것이다. 언어의 오염과 함께 '평등'이 실종되는 순간이다. 실로 돼지들의 선전책은 언어로 검은색을 흰색처럼 보이게 만들고 있다.

돼지들은 동물의 발굽과 뿔을 그린 기를 건다. 옛 소련의 국기에는 망치와 낫이 그려져 있었다. 나폴레옹은 스노볼과 협력하여 다른 돼지들과 모든 동물들 위에 군림하고 권력을 차지하지만 그런 뒤에는 서로 권력 다툼을 한다. 그들은 동물들에게 돌아갈 사과를 차지하고 스퀼러를 보내 교묘한 말로 그들의 불만을 없앤다. '밀고자'라는 뜻의 스퀼러(Squealer)는 돼지들이 더 많은 부와 권력을 차지할 때마다 동물들에게 해명하는 일을 하는 선전책이다. 나폴레옹은 강아지들을 데려다 격리시키고 자신의 친위대로 키운다. 권력은 부패하기 마련이다.

4

돼지들은 이웃 농장들에 〈영국의 짐승들〉을 전하라고 비둘기들을 파송한다(소련의 선전). 이에 이웃 농장의 프레더릭(히틀러)과 필킹턴(영국 또는 영국 수상 윈스턴 처칠)은 동물농장을 인정하지 않고 비웃으며 장원농장 동물들이 "자기들끼리 끊임없이 싸우고 있을 뿐 아니라 빠르게 굶어 죽고 있다는 소문을 퍼뜨렸다". 하지만 그들은 자기 농장의 동물들이 반란에 동조할까 두려워 존스와 힘을 합쳐 장원농장을 공격한다.

한편 스노볼은 카이사르의 군사작전을 공부하여 그들의 공격을 훌륭히 물리친다. 이 전투를 그들은 '외양간 전투'로 명명한다. 스노볼(트로츠키)의 지휘로 동물들이 승리를 거둔 외양간 전투는 러시아 내전(1917-1923)에 대응한다. 적군(레닌, 트로츠키, 스탈린)과 백군(반혁명 세력)은 나라 안팎으로 복잡한 연합 전선을 이루어 서로 싸웠다.

5

이탈(변절)한 몰리는 러시아 혁명 당시 국외로 도피한 망명 러시아인들을 상징한다. 스노볼과 나폴레옹의 갈등이 심화되고, 스노볼이 연설로 대다수 동물들의 지지를 얻자 나폴레옹은 개를 풀어 스노볼을 공격한다. 1924년 레닌이 사망하자 그 뒤를 이어 스탈린이 지도자로 부상했다. 스탈린과 달리 트로츠키는 혁명을 계속 추진해나갈 것을 촉구하는 한편 신정권이 공산당 내 민주주의를 억압하고 경제 정책을 세우지 못한다고 비판했다. 스탈린과 그의 지지자들은 선전 기관을 동원해 트로츠키에게 반격을 가했다. 1925년 트로츠키는 결국 군사인민위원회에서 제명되었고, 그로부터 1년 뒤 소련 공산당 정치국에서 제명되더니 1927년에는 소련 공산당에서마저 제명되었다. 이어 1928년 카자흐스탄(당시 소련의 속국)으로 유배되었다가 그 이듬해 영구 추방되었다. 동물들은 스노볼을 쫓아내고 돌아온 개들이 나폴레옹에게 꼬리를 흔드는 모습을 본다. 모든 결정은 "나폴레옹의 주재하에 돼지들로 구성된 특별 위원회에서 결정할 것"이라는 스퀼러의 말에서 알 수 있듯 독재 체제가 모양을 갖춰나간다. 나폴레옹은 메이저의 자리를 차지하고 일요일의 '대회의'를 비롯한 동물들의 토론을 전면 폐지한다. 스노볼은 존스의 끄나풀로, 범죄자로 선전된다.

스노볼은 풍차 건설로 삶의 질을 개선하고 이웃 농장에 혁명을 전파해서 외부 위협을 축소해야 한다는 생각을 가졌다. 트로츠키는 러시아의 산업화에 총력을 기울여야 한다고 주장했다. 스노볼은 풍차를 건설하면 노동 시간이 줄어들 것이라고 동물들에게 약속한다. 일일이 지지를 구하러 돌아다니는 일에는 약했지만 전체를 상대로 하는 웅변에는 능했던 트로츠키처럼 스노볼은 다른 돼지들과 협의하는 일 없이 혼자서 계획 수립에 몰두한다. 그러다가 트로츠키처럼 목숨을 보전하기 위해 도피하기에 이른다.

혁명 후 프랑스를 장악해 개인의 제국을 건설한 나폴레옹 보나파르트처럼 "우리의 영웅적인 지도자" 돼지 나폴레옹도 지체 없이 권력을 차지하는 일에 몰두한다. 스노볼이 기획과 생산, 교육에 치중할 때 나폴레옹은 권력 쟁탈과 유지에 충성할 강력한 경찰견을 양육한다. 나폴레옹은 스노볼을 처치하기 위해 개들을 풀고 스탈린 같은 모습을 드러낸다. 7장의 학살은 스탈린이 소련 지배 계층 절반 이상을 숙청한 것을 상징한다.

"우리의 영웅적인 지도자 나폴레옹 동지"는 스탈린의 신격화를 떠올리게 한다. 나폴레옹과 프레더릭의 불가침 조약은 배신으로 이어진다(히틀러는 1941년 스탈린을 배신하고 소련을 침공했다).

동물들은 〈영국의 짐승들〉을 더 이상 부를 수 없다. 그 대신 그들은 "노래와 시를 짓는 데 놀라운 재능을 가진 돼지" 시인 미니머스(마야콥스키)가 지은 새 노래를 부른다. 블라디미르 마야콥스키(1893-1930)는 혁명과 레닌의 지도력을 찬양했으나 스탈린 정권에 환멸을 느껴 스스로 목숨을 끊었다.

6

동물들은 노예처럼 열심히 일한다. 그들은 "기쁘게 일했고, 노력과 희생을 전혀 아끼지 않았다. 모든 일은 자기들은 물론 자기들 종의 후대를 위한 것"이라고 생각한다. 일요일에 일하는 것은 '자유의사'에 달렸지만 일을 하지 않으면 식량 배급이 절반으로 줄기 때문에 자유의사란 사실상 유명무실하다. 동물들의 엄청난 노동에도 물자는 부족하다. 나폴레옹은 부족을 채우기 위해 이웃 농장들과 거래를 재개한다고 발표한다. 암탉들은 현금 마련을 위해 알을 내놓아야 한다. '결의' 내용에 인간과 교역을 금지한 걸로 기억하는 동물들은 의문을 품지만 개들의 위협과 양들의 구호에 위축되어 아무 말도 하지 못한다. 스퀼러는 동물들의 기억이 문제라며 그런 결의는 애초에 있지도 않았다고 주장한다.

돼지들은 존스가 살던 본채로 입주하고, 스퀼러는 지도자의 편안한 생활에 대한 필요성을 강변하며 관련 계명을 고친다. 동물들의 고생으로 절반쯤 완성된 풍차가 폭풍우에 무너지자 나폴레옹은 그것을 스노볼의 소행으로 돌리고 재건축을 명한다. 동물들은 자신들이 스스로를 위해 일하고 있다는 미망에서 벗어나지 못한다. 하지만 우리는 돼지들과 동물들 사이에 주종 관계가 성립되었고 동물들이 착취당하고 있다는 것을 안다.

일요일에 일하는 것은 "엄격히 자유의사"에 달렸다는 이 중화법은 『1984』의 '전쟁은 평화' 같은 슬로건에서도 볼 수 있다. 언어의 퇴락이다. 언어가 오염되면 생각이 오염되고, 결국 사회가 오염된다는 오웰의 주장은 『1984』에 잘 나타나 있다. 『반항하는 인간』에서 카뮈는 이렇게 말한다. "애매한 표현과 오해는 다 죽음으로 통한다. 명료한 언어와 단순한 단어만이 이 죽음에서 벗어날 수 있는 유일한 구조 수단이다."

스탈린은 정책에 실패할 때 다른 사람들을 탓하고 숙청하는 책략을 썼다. 돼지 나폴레옹은 풍차 건설 실패의 원인이 자신에게 있는데도 스노볼에게 뒤집어씌운다. 나폴레옹은 스탈린처럼 내부와 외부의 위협을 파악함으로써 대중의 충성을 유지하는 일에 천재적 능력을 발휘한다.

7

동물들은 혹독한 겨울을 지냈다. 돼지들은 식량이 부족하지만 외부에는 사실과 다르게 알려지도록 꾸민다. 돼지들은 자신들의 모든 실패를 스노볼 탓으로 돌린다. 나폴레옹은 동물들을 집합시키고 '반역자'들을 색출해 학살한다. 나폴레옹에게 이의를 제기했던 돼지들도 처형된다. 복서도 공격을 받지만 그는 개들을 쉽게 제압한다. 동물들은 개들이 복서마저 공격한 것을 납득하지 못한다. 그러나 복서는 분노하지 않고 자신의 좌우명을 고수한다. 대반란이 완성되었다는 이유로 〈영국의 짐승들〉은 전면 금지된다.

대외적 체면을 관리하고, 모든 실패와 결핍의 책임을 뒤집어씌울 희생양을 만들고, 환상을 지속시키기 위해 역사를 조작하고, 반대자들을 잔인하게 제거하는 나폴레옹은 독재자의 전형이다. 초반부의 유머와 즐거움을 주는 요소는 알레고리의 구조가 심화하면서 조금씩 사라지다 완전히 자취를 감춘다. 동물들은 이제 전체주의 독재의 참혹한 현실을 마주하게 된다.

우리는 동물들이 모르는 진실을 안다. 풍차가 무너진 것은 벽을 두껍게 쌓도록 하지 않은 나폴레옹의 잘못이다. 우리는 스노볼에 대한 복서의 기억이 옳다는 것 또한 안다. 동물들은 복서를 쳐다보는 스퀼러의 "눈초리가 상당히 험악"하다는 것을 막연히 '의식'할 뿐이다. 그것은 복서가 의문을 제기했기 때문이라는 것을 우리는 안다. 복서가 개를 발로 밟고 나폴레옹의 의중을 살필 때 우리는 복서가 여전히 속고 있다는 것을, 무지하다는 것을 다시금 확인한다.

비애와 공포가 뒤섞인 혼란스러운 감정을 나타내는 동물은 클로버뿐이다. 오웰은 "그녀가 자신의 생각을 말로 표현할 수 있었더라면 이 상황은 그들이 몇 년 전 인간을 타도하는 일에 힘을 다하기로 했을 때 품은 목표가 아니라고 했을 것"이라고 클로버의 생각을 드러내 우리에게 알려준다. 동물들은 돼지들에게 배신을 당하고도 여전히 혼란스러워할 뿐이다. "메이저 영감이 반란을 일으키라고 처음으로 그들을 부추긴 그날 밤 품었던 기대는 공포와 학살의 광경이 아니었다. 그녀가 미래에 대하여 떠올렸던 것이 있다면 그건 굶주림과 채찍으로부터 해방된 동물들의 공동체였다." 해방과 자유를 노래하는 〈영국의 짐승들〉의 '개인'은 온데간데없고 미니머스가 지은 "나를 통하면 결코 해를 입지 않으리"의 나(국가)만 존재한다.

여섯 번째 계명도 폐기되고 나폴레옹의 독재는 더욱 공고해진다. 동물들의 결속은 〈영국의 짐승들〉의 금지와 함께 파괴된다. 메이저가 심어준 미래도가 잔인하게도 클로버의 머릿속에서 집약적으로 요약되면서 현실과 거세게 충돌한다. 새 노래의 주체가 개인에서 국가로 옮겨졌지만 동물들은 여전히 미몽에서 깨어나지 못한다.

부농들의 자유를 골자로 한 경제정책이 부농들의 태만으로 교착 상태에 빠지자 스탈린은 집단농장 체제로 정책을 전환했다. 그러자 부농들은 자신들의 가축이 집단농장 농부들에게 넘어가지 못하게 대량 도살을 감행했다. 현금을 마련하려는 나폴레옹의 지시에 불복한 암탉들은 자신들이 낳은 알을 스스로 깨뜨리는 선택을 한다. 그러나 나폴레옹은 암탉들을 굶겨 굴복시킨다. 스탈린은 부농들을 학살하거나 국외로 추방했다.

8

나폴레옹은 선전에 의지해 개인숭배를 쌓아간다. 독재자의 언행은 미화되고 좋게 포장된다. 정책 실패, 교역 상대의 배신, 전쟁의 참화, 독재자 개인의 사치도 선전으로 미화된다. 프레더릭에게 목재를 팔기로 한 것은 독일과 소련의 통상 조약을 가리킨다. 소련은 독일에 원자재를 수출하고 산업 소재를 받기로 합의한 바 있다.

스탈린은 서방 연합국을 배신하고 1939년 히틀러(프레더릭)와 불가침조약을 맺었다. 영국과 프랑스, 미국은 그 조약을 비난했지만 스탈린은 들은 체도 하지 않았다. 그러나 1941년 히틀러는 조약을 깨고 소련을 침공했다. 스탈린이 도움을 청하자 서방(필킹턴)은 "그거 쌤통이다"라는 태도를 취했지만 결국 대부분은 스탈린의 전향을 환영했다. 히틀러는 전쟁에서 패했지만 러시아는 이미 황폐해졌다.

9

복서는 쉬엄쉬엄 일하라는 벤저민과 클로버의 만류에도 풍차 재건축에 착수한다. 1935년 소련의 2차 5개년 계획의 스타하노프 운동, 즉 노동생산력 증대운동에 비견된다. 그렇다면 복서는 스타하노프 노동자일 것이다. 동물들의 삶은 고난의 연속이다. 돼지들만이 동물들이 노동한 결실을 누린다. 새끼 돼지들을 위한 학교가 세워지고 신흥 지배계급 돼지들은 호사스럽게 산다. 선전책 스퀼러는 동물들의 형편이 과거보다 낫다고 교활한 입을 놀리고 돼지들의 실책은 모조리 스노볼의 공작 탓이라고 선전되며 역사는 조작된다. 대반란 당시 주인과 장원농장을 떠났던 모세가 다시 농장에 돌아와도 돼지들은 그를 내쫓기는커녕 오히려 잘 대접하며 내버려둔다. 모세가 동물들에게 이야기의 '아편'을 주기 때문이다.

복서는 더 힘들게 노동을 하다 건강을 잃고 결국 부상을 당한다. 돼지들은 복서를 수의사에게 데려가 치료받게 해

준다고 하지만 그것이 거짓말임을 우리는 안다. 복서가 도
축업자에게 팔렸다는 것은 "악의적인 소문"이며 사실은
도축업자의 마차를 수의사가 샀는데 마차에 적힌 상호명
을 미처 바꾸지 않았을 뿐이라는 스퀼러의 억지 해명을 들
은 동물들은 크게 안도한다.

　복서의 영웅적 행위는 소련 광부 알렉세이 그리고리예
비치 스타하노프를 모델로 했다. 1935년 8월 31일 그는 하
루 작업에 102톤의 석탄을 채굴했다. 그에게 부과된 작업
량의 14배나 되는 분량이자 석탄 생산 역사상 신기록이었
다. 스타하노프는 언론에서 "소련 노동자의 귀감"으로 칭
송받았고 다른 노동자의 근면을 채근하는 수단으로 이용
되었다.

　복서의 알레고리는 노동자 전체에 대한 상징으로 발전
한다. 돼지들의 배신은 노동자의 낙원을 만들겠다던 공산
당의 배신이다. 동물들은 스퀼러의 거짓말에 속아 넘어가
지만 우리는 돼지들이 복서를 팔아넘기고 그 돈으로 위스
키를 샀다는 것을 안다. 벤저민은 돼지들의 말을 믿지 않
으면서도 그것을 어쩔 수 없는 상황으로 받아들인다. 전체
주의 국가에서 살아남는 유일한 길이다. 하지만 복서에게
아직 힘이 있었을 때 벤저민이 그에게 자신의 생각을 말했

더라면 복서는 그런 최후를 피했을 뿐 아니라 동물 전체를 구할 수 있었을지 모른다. 그러나 벤저민은 자신만 살아남는 길을 택한다. 그래서 아무도 죽은 당나귀를 보지 못하는 것이다.

10

"오랜 세월이 흘렀다. 계절이 오고 갔고 단명하는 동물들은 사라져 없어졌다. 이제 클로버와 벤저민, 까마귀 모세, 그리고 소수의 돼지 외에 대반란 이전의 옛날을 기억하는 동물은 없었다." 농장은 번창했다. 풍차는 완성되어 곡식을 빻아주는 일로 현금을 벌어들이지만 동물들의 생활은 나아지지 않는다. 늙은 동물들조차 과거가 더 좋았는지 아닌지 기억하지 못하고 스퀼러가 알려주는 기록에 의존한다.

"네 다리는 선, 두 다리는 더 큰 선"이라는 구호가 새로 등장하고 헛간 외벽에는 "모든 동물은 평등하다, 그러나 어떤 동물은 다른 동물보다 더 평등하다"는 새 계명이 등장하고 기존의 계명들은 자취를 감추었다.

나폴레옹은 인간들을 초청해 주연을 베푼 자리에서 동물들끼리 서로를 '동무'라고 부르고 "매주 일요일 아침이면 앞뜰의 말뚝에다 아예 못 박아 고정해둔 수퇘지 해골 앞을 지나가는, 그 유래를 알 수 없는 아주 이상한 관행 역시 금지될 것"이며 농장 이름을 과거의 '장원농장'으로 되돌린다고 선언한다. 창문을 통해 주연을 구경하던 동물들은 어느새 누가 인간이고 누가 돼지인지 분간하지 못한다.

●

소비에트연방은 계급 없는 사회가 되리라는 마르크스주의자들의 믿음은 메이저의 미래도와 상통한다. 소련은 전체의 약 2퍼센트밖에 안 되는 공산당이 정부 관료 조직을 차지하고 특권을 누리는 계층이 되었다. 그들은 좋은 음식과 거주 환경의 혜택을 받고 각종 소비재와 자동차를 소유했으며 흑해의 고급 휴양지에서 휴가를 보냈다. 마르크스가 「고타강령 비판」(1875)에서 말한 "각자의 능력에 따라, 각자의 필요에 따라"라는 순수한 공산주의의 이상은 "각자의 능력에 따라, 각자의 업적에 따라"라는 구호로 대체된 것이다.

『동물농장』은 분명 소련을 풍자한 우화이지만 오웰의 비판 대상은 사회주의 자체가 아니다. 동물농장 지도부인 돼지들은 '동물농장'을 '장원농장'으로 되돌리고, 인간들 (자본주의 국가들)과 손을 잡고 그들과 같아지기 시작한다. 돼지들은 메이저의 꿈과 그 꿈을 위해 모든 것을 바치는 동물들을 착취한다. 메이저가 제시한 사회주의의 미래도 를 배신한다. 오웰의 비판은 바로 거기에 있다. 오웰은 사회주의의 순수한 원리와 정신이 군국 전체주의자들에 의해 왜곡된다는 생각에 치를 떨었다. 그런 오웰을 사회주의 자체를 부정하는 비판자로 생각하는 것은 그의 "정치적 견해와 글의 의도를 심각하게 왜곡하는 것이다. 오웰은 평생 확고부동한 사회주의자였고 거의 전적으로 사회주의 매체에만 글을 기고했다."*

　스탈린과 소련에 대한 오웰의 견해는 분명했다. "권력은 부패하기 쉽고 절대 권력은 절대적으로 부패한다"는 정치가 액턴 경의 말은 스탈린에게 그대로 적용되었다. 서방 세계의 좌익 지식인들은 소련이 노동자의 천국이라고 생각했는데, 오웰은 그들이 소련의 선전에 속은 것이라고 생각했다. 그들이 스스로를 속인 측면도 있다. 공정한 사회

---

* Robert Weaver, "Orwell's Proposed Preface to Animal Farm," marxist.org, September 15, 1972, https://www.marxists.org/archive/orwell/1945/preface.htm

를 너무 갈망한 나머지 소련은 그런 곳이 아니라는 증거를 애써 외면했던 것이다. 그렇기 때문에 오웰은 『동물농장』에 담긴 주장들이 환영받지 못하리라고 생각했다. "자유에 어떤 의미가 있다면 그것은 사람들이 듣고 싶어 하지 않는 것을 말할 권리"임을 믿었고 오웰은 『동물농장』으로 그 권리를 행사했다.

1946년 12월 5일 오웰은 뉴욕의 《정치》라는 월간지 편집장에게 보낸 서신에서 다음과 같이 밝혔다.

『동물농장』의 풍자는 기본적으로 러시아혁명에 대한 것이지만 그보다 더 널리 적용될 수 있도록 썼습니다. 그런 종류의 혁명(무의식적으로 권력에 굶주린 사람들이 주도하는 난폭한 음모에 의한 혁명)은 결국 주인만 바꾸는 것임을 말하고자 했습니다. 일반 대중이 정신을 바짝 차리고 그런 지도자들을 내쫓을 줄 알아야만 근본적인 개선을 할 수 있다는 것이 내가 의도한 교훈입니다. 돼지들이 우유와 사과를 독차지하기 시작했을 때가 이 이야기의 전환점입니다. 동물들이 단호한 행동을 취할 분별력을 가졌더라면 상황은 괜찮아졌을 겁니다. (……) 트로츠키주의자들은 추가로 곤란한 상황에 직면했습니다. 그들은 혁명에서 1926년경까지 일어난 일련의 사건들에 대한 책임이 자신들에게 있다고 느끼면서도 갑작스러운 퇴보가 일어났다고 생각하지 않을 수 없었습니다. 하지만 그 전 과정은 볼셰비키당의 본질을 보면 예측이 가능했다고 나는 생각합니다—버트런드 러셀과 같은 소수의 사람들은 그것을 예측했죠. 내가 말하고자 하는 것은 "스스로 혁명을 일으키지 않으면 혁명을 손에 넣을 수 없으며 자애로운 독재자란 없다"입니다.[*]

『동물농장』은 이상주의에서 환멸과 비극으로 이동한다. 동화 같은 해피엔딩은 없다. 동물들은 대부분 순진하고 너그럽다. 동물들이 동물들을 위한 동물들의 농장을 향한 꿈에 온 마음을 쏟는 데 비해 나폴레옹과 스퀄러, '경찰견'들의 언행은 갈수록 더 사악해진다. 오웰은 후대인들에게 자기 이익만 생각하는 정치인들의 약속을 믿지 말라는 경고를 보낸다.

오웰은 『동물농장』이라는 우화로 혁명은 반드시 잘못되

---

[*] Peter Davison (ed.), *The Complete Works of George Orwell* (London: Secker and Warburg, 1998), xviii, 507.

게 되어 있다는 교훈을 주는 듯하다. 사람은 본성이 악하기 때문에 기필코 일을 그르치기 마련이라는 것이다. 그렇다면 진보를 위한 혁명은 어차피 무용하다는 말인가라는 의문을 품지 않을 수 없다. 말년의 오웰은 두 가지 생각에서 위안을 찾았다. 그것은 "언젠가는—어쩌면 지금부터 천년 후일지도 모르지만—사정이 좋아지리라는 희망"과 "대변혁의 운동은 번번이 실패하지만 그럼에도 계속된다"라는 철학적 반성이었다.*

　"『동물농장』은 정치적 목적과 예술적 목적을 하나의 완성체로 융합시키고자 모든 정신을 집중해 쓴 첫 책"**이라고 오웰은 밝혔다. 그는 "거의 모든 사람들이 쉽게 이해할 수 있는 이야기"를 쓰고 싶었다.

역사적 배경

　영국의 마르크스주의 사학자 에릭 홉스봄(1917-2012)은 20세기를 '극단의 시대'로 명명했다. 1920년대 말 유럽과 미국은 경제 위기에 처했다. 1929년 10월 24일 검은 목요

---

　* R. G. Geering, "'Darkness At Noon' And 'Nineteen Eighty-Four'—A Comparative Study," *The Australian Quarterly*, Vol. 30, No. 3 (Sept., 1958), 96.
　** Davison (ed.), 앞의 책, 320.

일은 미국에 대공황의 시작을 알렸다. 영국에서는 대량 실업이 폭력 사태를 유발했고 대립 정당 지지자들은 서로 주도권을 잡고자 다퉜다.

독일은 제1차 세계대전에서 패한 후 대격변기를 맞아 몸살을 앓았다. 대규모의 빈곤과 패전의 굴욕감은 새로운 정치 운동 세력들을 일으켰다. 가장 괄목할 만한 세력은 아돌프 히틀러가 이끄는 파시스트들이었다. 이들은 국가사회주의독일노동당(나치당)으로 1933년 창립 14년 만에 권력을 쟁취했다. 나치즘은 독일 사회에서 민족적 자부심 회복과 유대인, 집시, 동성애자, 장애인과 같은 이른바 '열등 인종' 제거를 기치로 내걸었다.

유럽과 미국에서 파시즘에 대항한 이들은 공산주의자였다. 히틀러의 나치당을 움직이는 동력은 증오와 무력 침략이라고 생각한 그들은 자신들이 꿈꾸던 대동 세상의 모범을 소련에서 찾을 수 있으리라 기대했다. 1924년 소련의 첫 지도자 레닌이 사망한 후 공산주의는 이오시프 스탈린의 야만 정치로 대체되었다. 정적들은 숙청되고 언론의 자유는 탄압받았다. 농장주와 농장노동자들은 개발의 명목하에 터전에서 쫓겨나거나 처형되고 있다는 주장이 밖으로 흘러나왔다. 서방의 좌익 지식인들은 그런 보도를 믿지 않고 선전이라고 일축했다. 좌익 진영에서는 공산주의에 적대적인 정부와 대중매체가 자신들의 정치 체제와 기득권을 유지하기 위해 대동 세상의 희망을 파괴하려는 수작이라고 생각한 것이다. 그러나 스탈린이 저지르는 범죄 행위의 증거는 날로 늘어갔다.

스탈린은 소련을 건설한 핵심 인물이었다. 그는 1918년에서 1920년에 걸쳐 적군(공산주의자)과 백군(1917년 볼셰비키 혁명에 대항한 비공산주의자)이 대립한 내란에서 정치적으로 중요한 역할을 했다. 이때 트로츠키는 군사 전략을 책임진 인물이었다. 그러나 1924년 레닌이 죽은 뒤 스탈린은 트로츠키를 축출하고 전체주의적 권력을 휘둘렀다. 그는 의심과 공포를 무기로 당원과 인민을 통제했다. 스탈린의 국가에서는 아무도 안전하지 않았고 아무도 신뢰할 수 없었다.

『동물농장』은 유토피아를 건설하자는 과업에서 시작했지만 스탈린주의라는 독재로 변모한 소련의 쇠퇴를 우화 형식으로 그려낸다.『동물농장』의 플롯은 그런 소련 역사의 전개와 비슷하다. 앞서 말한 바와 같이 농장에서 벌어지는 반란은 1917년 러시아 왕조의 전복을 상징하고 나폴레옹과 스노볼은 각각 스탈린과 트로츠키를 상징한다.

1920년대 그들의 권력 다툼은 소비에트사회주의공화국연방의 향로를 결정지었다. 나폴레옹의 등극은 스탈린주의로의 전락과 유사하다. 조지 오웰에게 스탈린주의로의 전락은 '배신'이라는 한 단어로 요약된다.

1928년 스탈린은 제1차 5개년 계획을 발표했다. 공장에 최신 기계 시설과 전력을 집어넣고 수송기관을 개선해서 소련의 산업을 현대화하겠다는 계획이었다. 이 야심찬 계획은 이 땅에 천국이 임할 듯이 발표되었다. 그러나 계획은 치밀하지 못했고 결국 혼란 속에 빠져들었다. 경제는 고갈되었고 광범위한 곤궁으로 이어졌다. 이 실패에 대처 방안으로 스탈린은 2차 계획을 수립했다.『동물농장』의 풍차 건축은 스탈린의 5개년 계획에 해당한다.

스탈린 정권이 경찰과 언론은 물론 법원까지 통제하던 소련에서는 결백한 사람이라도 한번 잘못 걸려들면 빠져나올 수 없었다. 비밀경찰이 무작위로 시민들을 체포해 폭력을 행사하는 것은 일상다반사였다. 대부분은 자신이 저지르지도 않은 범죄 사실까지 강제로 자백해야 했다. 사랑하는 가족까지 고문당할지 모른다는 두려움 때문에 그들은 처형당하기 전 공개적으로 자신들의 "범죄 사실"을 자백해야 했다. 스탈린의 숙청에 형장의 이슬로 사라진 사람들의 수는 최소한 200만 명에 이른 것으로 집계된다. '모스크바 공개 재판'으로 알려진 그 일련의 과정은 여론 조작과 더불어 권력을 강화하고 반체제적 의견을 억압하는 수단이었다.

"우리의 영웅적인 지도자" 돼지 나폴레옹도 그 같은 공개 재판을 열어 허위로 혐의를 자백하게 만든 다음 개들을 부려 동물들을 처형한다. 그에게 항의했던 돼지 네 마리는 죄를 "자백"하고 개에게 목을 물어뜯긴다. 달걀 문제로 반항을 했던 암탉 셋도 스스로 앞으로 나가 "스노볼이 꿈속에 나타나 나폴레옹의 지시에 따르지 말라고 선동했다"는 진술을 하고 바로 학살당한다. 그런 뒤 "어떤 동물이든 다른 동물을 죽이면 안 된다"는 계명이 선전기관(스퀼러)을 통해 "어떤 동물이든 **이유 없이** 다른 동물을 죽이면 안 된다"는 것으로 둔갑한다. 스탈린은 혁명 동지들마저 공개 재판을 통해 숙청했다. 그들은 자신들이 소련을 전복하기 위해 서구 열강 또는 트로츠키의 지지 세력과 내통했다고 자백했다.

오웰은 『동물농장』을 구상하면서 흑색선전의 위력에 주의를 기울였다. 당시에도 정치인들은 신문이나 라디오를 수단으로 삼아 순식간에 수백만 명에게 거짓말을 퍼뜨려 정적을 음해했다. 이런 식의 정치 공작이 발휘할 수 있는 위력에 대한 우려는 평생 그의 머리에서 떠나지 않았다. 그의 우려는 나폴레옹의 연설이나 그의 대변자이자 선전 책인 스큅러를 통해 그려진다.

집필과 출간

제2차 세계대전이 벌어지는 동안 대부분 오웰 부부는 런던에서 살았다. 조지 오웰은 건강 문제로 군에서 받아주지 않았다. 기관지염과 폐렴으로 허약해져 있었던 데다 훗날 그의 사망의 원인이 된 폐결핵 증상까지 보였다. 결국 북부 런던의 국토방위군에 들어간 그는 스페인 참전 경력을 인정받아 상사 계급장을 달고 자경단 조직에 힘을 기울였다.

스페인의 파시스트들은 1939년 봄 승리를 거두었다. 히틀러의 병력은 1938년 오스트리아를 합병하고 체코슬로바키아를 침략했다. 독일의 침략에 대한 원성이 높아지자 영국 수상 네빌 체임벌린은 폴란드를 지키겠다고 선포했다. 1939년 8월 히틀러와 스탈린은 상호불가침 협정을 맺었다. 9월 1일 독일이 폴란드를 침공하자 영국은 이틀 뒤인 9월 3일 독일에 선전 포고를 했다. 덴마크와 룩셈부르크, 벨기에, 네덜란드가 몇 달 만에 나치 독일에 함락되었다. 1940년 초 독일이 노르웨이를 침략하자 영국군은 프랑스 항구도시 됭케르크에서 철수하지 않을 수 없었다.

히틀러는 독일이 동맹국을 포함한 모든 전선에서 싸울 수 있을 만큼 강해졌다고 믿고 1941년 6월 소련을 기습 공격했다. 그러자 스탈린은 서방 연합군과 동맹을 맺는 것이 좋겠다고 판단했다. 1941년 12월 7일 일본이 미국의 진주만 해군 기지를 공습했고 2천여 명의 미군이 사망했다. 12월 8일 프랭클린 D. 루즈벨트 미국 대통령은 일본에 선전 포고를 했다. 그로부터 사흘 뒤 독일과 이탈리아가 미국에 선전 포고를 함으로써 명실공히 세계대전이 시작되었다. 윈스턴 처칠 영국 수상은 미국이 참전하자 "이제 우리는 살았다. (……) 히틀러는 이제 끝장이다"라고 했다.

당시 오웰은 BBC 시사 토크 프로그램 〈라디오 토크스〉의 인도 방송 프로듀서로 일하고 있었다. 방송 내용을 선정하고 대담을 편성하는 일을 하던 그는 자신이 급변하는 세계정세와 동떨어진 일을 하고 있다고 생각했다. 영국의 정치인들과 신문들은 '우리의 동맹국 소련'을 칭찬하기 시작했다. '스탈린 아저씨'는 금세 영웅이 되었다. 오웰은 "우리가 스탈린을 지지하다니, 이 역겨운 살인마가 일시라도 우리 편이라니"라며 영국인들의 무지를 개탄했다. 선전으로 얼마나 쉽게 여론을 바꿀 수 있는지를 확인한 오웰은 심란했다. 이 좌절감은 『동물농장』의 양들에게 투영되었다. 양들은 나폴레옹의 구호를 이해하지 못하고 반복해 외기만 한다.

1943년 BBC를 그만두기 전 오웰의 마지막 일은 연속물 원고를 준비하는 것이었다. 그는 그중 안데르센의 「임금님의 새 옷」과 같은 우화도 포함시켰다. 이 우화는 사람들이 얼마나 쉽게 거짓말에 속아 넘어가며 솔직담백한 사람만이 그 주문을 깰 수 있다는 것을 보여준다. 마침내 BBC를 떠난 그는 《트리뷴》이라는 좌익 잡지의 문예 편집자가 되어 주 1회 칼럼을 썼다. 오웰은 아내 아일린의 돌봄을 받으며 1943년 11월에서 1944년 2월에 걸쳐 『동물농장』이라는 우화를 집필했다. 스탈린그라드 전투 후, 노르망디 상륙작전 전에 쓴 것이다. 연합군이 처음으로 승리를 거두자 영국이 소련과 결속에 자신감을 가진 때였다.

오웰 자신도 『동물농장』이 정치적으로 환영받지 못할 것을 잘 알고 있었지만 출판사들에게 계속 거절당하자 충격을 받았다. 조너선 케이프 출판사는 처음엔 『동물농장』을 출간할 계획을 세웠다가 영국 정보부의 피터 스몰렛에게 조회한 결과 소련의 지도자들을 돼지로 나타낸 것은 위험하므로 출간하지 말라는 권고를 받았다. 그런데 몇 년 후 스몰렛은 영국 정부에 침투한 소련 스파이였음이 드러난다. 정치적 음모에 대한 오웰의 공포는 상상으로만 존재하는 것이 아니었다. 페이버 출판사의 T. S. 엘리엇은 『동물농장』의 문학성은 칭찬하면서도 동맹국인 소련을 부정적으로 비판하는 책을 출판할 마음이 없었다. 거듭된 거절에 좌절감을 느낀 오웰은 세커 앤드 워버그 출판사마저 거절한다면 다른 출판사들을 계속 알아보고 자비 출판도 불사할 작정이었다. 결국 『카탈루냐 찬가』를 낸 세커 앤드 워버그에서 1945년 8월 역사의 대전환기에 『동물농장』을 출간했다. 그에 앞서 넉 달 동안 루스벨트와 무솔리니, 히틀러가 사망했고 처칠은 낙선했다. 독일이 항복을 하고 8월 6일 히로시마에 원자폭탄이 떨어졌다. 스탈린만이 아직 살아 있을 때였다.

『동물농장』이 출간된 달은 오웰의 생애에도 전환기였다. 미국에서는 '이달의 책' 클럽판으로 50만 부나 팔려나갔고 오웰은 이 책 한 권으로 1950년까지 12,500파운드 가량을 벌었다(현재 화폐가치로 환산하면 7억 원가량 된다). 이렇게 해서 『동물농장』은 그해 미국 베스트셀러 2위에 올랐고 대중에게 잘 알려지지 않았던 오웰에게 세상의 이목이 집중되었다. 오웰은『동물농장』으로 유명해졌지만 하루아침에 이루어진 것은 아니었다. 20년 이상 가난한 작가로서 고군분투한 끝에 찾아온 명성이었다.『동물농장』은 한순간에 명작으로 손꼽히게 되었고 그의 생애 처음으로 경제적 성공까지 안겨준 것이다.

《보그》지는 오웰을 '자유의 수호자'라 명명했고 어떤 리뷰는 "소련에 대한 적의를 글로 재치 있게" 쓴 오웰을 칭송했다.『동물농장』이 주는 교훈이 무엇이냐에 대한 의견이 분분했지만 중요한 책이라는 점에 대해서는 이견이 없었다.

오웰의 아내 아일린은『동물농장』의 집필을 도왔지만 그 성공을 보지 못하고 1945년 3월 29일 자궁절제 수술 도중 39세의 젊은 나이에 사망했다. 오웰은 자신의 건강도 악화되고 있는 상황에서 1944년 6월 갓난아기 때 입양한 아들 리처드와 단둘이 남게 되었다. 1946년 친구의 권유로 스코틀랜드의 주라섬의 외딴 집으로 주거지를 옮긴 그는 1948년까지 신문잡지 기고와 마지막 소설『1984』의 집필에 전념했다.

문체

오웰은 정치적 교훈을 전달하기에 위해 복잡하지 않고 절제되고 단순한 문장을 쓴다. 시작부터 "춤추듯"이라는 표현 외에는 비유 하나 없이 단도직입적이다. "장원농장의 존스 씨는 야간 문단속을 하며 닭장 문들을 잠갔지만 술에 너무 취해 깜박하고 닭이 드나드는 구멍들은 닫지 않았다." 오웰 문장의 일반적인 특징이다.

단순한 문체는 '불변의 법' 7계명과 같은 정치 이념의 진실과 기만을 드러내기에 효과적이며 독자는 무슨 일이 일어나며 무슨 변화가 있는지 금세 알아챈다. 돼지들의 기만을 보지 못하는 동물들을 답답한 시선으로 바라보게 된다.

『동물농장』에서 수동 구문은 각별히 주의를 기울여 볼 필요가 있다. 특히 어색하지 않도록 "알아차렸다" 또는 "의식했다"로 번역한 "it was noticed"라는 표현이 일곱 번 나온다. 수동태로는 일반적이지 않아서 주의를 끄는 표현이다. 예를 들어 "우유가 사라진 것을 알아차렸다", "이들 사이에 의견 일치가 이루어진 적이 없다는 사실을 알아차렸고", "소리를 지르곤 한다는 것을 동물들은 알아차렸다"라는 문장에 사용된다. 수동 구문 "의식되었다(it was noticed)"는 동물들이 이의를 표할 수 있는 한계를 나타낸다. 동물들은 돼지들의 관점에 동의하지 않는 어떤 말도 하지 못한다. 다시 말해서 이 구문은 돼지들의 계명 위반이 다른 동물들의 주의를 완전히 벗어나지는 못하는* 동시에 동물들은—복서 외에는—아무도 이의를 표하지 못한다는 것을 나타낸다. 불의를 느껴도 아무런 행동을 취하지 못하는 동물들의 무력함을 부각시키는 구문이다. 독자로 하여금 누가 의식했는지 생각하게 만들고 무슨 일이 일어나고 있는지 주의를 기울이게 하는 장치이기도 하다.

메이저 영감은 "우리의 삶은 비참하고 고되고 짧소"라는 말을 할 때 글쓰기의 '셋의 법칙'을 활용한다. 세 개의 간결한 구절을 연결하면 운율감을 띠어 메시지를 효과적으로 전달할 수 있다는 가정에서 나온 법칙이다. 셋이 한 세트를 이루는 구문은 다양하게 쓰인다. 책이나 영화의 제목에도 '3'이라는 숫자가 잘 쓰이고 슬로건은 세 단어나 구절로 된 것이 많다. 글에서 세 개의 짧은 문장을 연결하고, 세 개의 형용사가 하나의 명사나 생각을 수식하는 방식은 흔히 사용된다. 예를 들어 『돼지 삼 형제』, 『삼총사』 같은 제

---

* Anthony Stewart, *George Orwell, doubleness, and the value of decency* (New York: Routledge, 2003), 177.

목이 있는가 하면 우리가 잘 아는 프랑스 제1공화국의 슬로건 '자유, 평등, 박애'가 있고 율리우스 카이사르의 "왔노라, 보았노라, 이겼노라"가 있다. 한 단어만 빼도 소리 내어 읽으면 그 차이가 크다는 것을 느낄 수 있다. 찰스 디킨스의 『크리스마스 캐럴』에서 스크루지 영감을 방문하는 유령도 셋이다.

그런가 하면 인간은 "우유를 공급하지 않지, 알을 낳지도 않지, 쟁기를 끌기엔 너무 약하지, 토끼를 잡을 수 있을 만큼 빨리 달리지도 못하지" 같은 구문은 접속사 없이 네 문장을 나열하여 속도감과 함께 그 목록이 계속될 것 같은 인상을 준다. 이런 방식은 문장들을 목록처럼 나열하여 그 내용들이 감당할 수 없게 누적되는 효과를 보조하기도 한다. "머슴들은 게으르고 불성실해서 논밭에는 잡초가 무성한데다 건물들의 지붕은 손봐야 할 지경이었고, 산울타리들은 방치되었으며, 동물들은 제대로 먹지 못했다"도 그런 경우다. 한편 흥분된 상황이 펼쳐질 때는 "사람들은 승리의 환호성을 올렸다"와 같은 능동적이고 짧은 문장을 쓴다.

시점

『동물농장』은 제한된 3인칭 전지적 시점에서 서술된다.

전체적으로 돼지들을 제외한 동물들의 순진한 시점에서 이야기가 서술되지만 단 한 번 7장에서 학살을 목격하고 동료들과 언덕으로 올라간 클로버의 시점에 깊숙이 들어가 그들이 가졌던 미래에 대한 꿈과 현실 간의 괴리에 대한 감상을 보여준다.

우리는 동물들이 배반을 당했으며 그렇게 되도록 스스로 허용했다는 것을 알지만 동물들은 그것을 모른다. 나폴레옹이 "강아지들을 데려가 얼마나 꼭꼭 격리시켰는지 농장 동물들은 곧 그들의 존재를 잊었다". 그러나 강아지들이 나중에 다시 나타날 때 슬쩍 놀랄지는 몰라도 우리는 그 사실을 시종 잊지 않고 있다.

한밤중 요란한 소리에 동물들이 뛰쳐나가 보니 스퀼러가 쭉 뻗어 있고 그 옆에 페인트 통이 쓰러져 있다. 화자는 "아무도 이해할 수 없는 이상한 일이 일어났다"고 서술할 뿐이다. 그런 뒤 동물들은 다섯 번째 계명이 자신들이 기억하던 것과 뭔가 다름을 느낀다. 우리는 무슨 일이 일어나고 있는지 알지만 '동물농장'이라는 새로운 사회의 주인이어야 할 동물들은 모른다.

나폴레옹은 건강을 해칠 만큼 열심히 노동한 대가로 수의사에게 보내 치료를 받게 한다며 동물들을 속여 복서

를 도축업자에게 팔아넘긴다. 동물들에게 가해지는 "해악
은 인간의 폭정에서 나온다"며 "인간을 제거하기만 하면
(······) 자유롭고 풍족하게 살 수 있소"라고 한 메이저 영감
의 말을 떠올리면 복서의 운명이 주는 아이러니는 이러한
시점의 활용으로 극대화된다. 도축업자가 쓰던 마차를 수
의사가 산 것이라는 스퀼러의 거짓 해명을 들은 "동물들은
크게 안도"한다. 복서를 추도하는 연회를 열기로 한 날 "돼
지들이 어디선가 돈이 생겨 위스키를 한 상자 더 샀다는
소문이 돌았다"는 서술을 읽는 우리는 그것이 무슨 돈인지
알지만 동물들은 모른다.

조지 오웰

조지 오웰은 1903년 6월 25일 인도 벵골에서 에릭 아서
블레어로 태어나 영국에서 성장했다. 당시 대영제국의 속
령이었던 인도는 군사 정부의 통치를 받고 있었다. 에릭은
1896년 인도에서 결혼한 리처드 블레어와 프랑스인 이다
리무쟁의 1남 2녀 중 둘째였다. 오웰은 자신을 "상류와 중
류 사이에 걸쳐 있는 계급에서 낮은 층"* 출신으로 파악했

* George Orwell, *The Road to Wigan Pier* (Orlando: Harcourt Brace, 1958), 121.

다. 이는 신분은 상류층에 속하는데 부자는 아니면서 부자처럼 행세해야 한다고 생각하는 부류를 뜻한다. 오웰은 여덟 살에 사립 기숙학교에 들어갔지만 제일 가난한 학생이었다. 이튼 스쿨에 진학했을 때도 마찬가지였다. "나는 돈이 없었고 허약했고 못생겼고 인기가 없었고 만성 기침에 시달렸고 비겁했고 냄새나는 학생"이었으며 "돈과 작위가 있는 친족, 운동 능력, 맞춤 양복, 말끔하게 빗은 머리, 매력적인 미소가 무엇보다 필수적인 세계에서 나는 아무런 쓸모가 없었다"*고 당시를 회고했다.

에릭 블레어의 어린 시절은 중대한 세계사적 전환기였다. 1914년 제1차 세계대전이 발발했을 때 그는 열한 살 나이에 다음과 같은 애국시를 써서 선생님들을 기쁘게 했다.

깨어나라! 영국의 젊은이여,
조국이 그대를 필요로 할 때
수천 명씩 입대하지 않는다면
그대는 실로 겁쟁이라오.

* Davison (ed.), 앞의 책, 356-386.

1917년 에릭은 장학금을 받아 이튼 스쿨에 입학했고, 그곳에서 처음으로 자유주의와 사회주의 사상을 접했다. 다른 이튼 재학생들과 달리 부모가 부자가 아닌 에릭은 학창 시절 항상 자신을 아웃사이더로 생각했고, 자기는 엘리트 계층과는 관계가 없음을 뼈저리게 느꼈다. 1921년 이튼 스쿨을 졸업했지만 성적이 하위권이라 옥스퍼드 대학교에 진학할 장학금을 받을 가망이 없었다. 그러자 그는 아버지처럼 공무원이 되어 1922년부터 1927년까지 버마에서 영국 제국주의의 화신인 경찰이 되어 경사로 근무했다. 아버지 리처드 블레어는 인도 아편국*에서 작물 재배를 감독하는 대영제국 공무원이었다.

에릭 블레어가 빈부귀천의 엄청난 간격을 피부로 깨달은 곳이 버마(미얀마)였다. 이와 관련한 경험을 기록하면서 그는 어린 시절에 품었던 '위대한 작가 에릭'의 꿈을 실현하기 시작했다. 에릭 블레어는 버마에서 제국경찰로 6년 동안 일하며 처음부터 인도의 엘리트 지배계급이라는 자

＊ 18세기, 영국은 인도에서 재배한 아편과 중국의 차를 교환하는 교역을 시작했다. 19세기에 들어 중국이 영국 아편의 수입에 제동을 걸자 영국은 두 차례에 걸친 전쟁을 일으켰으며 결국은 중국이 패했다. 1917년 영국은 아편 교역을 중단하기로 합의했다.

신의 신분을 못마땅하게 생각했다. 1922년 버마의 수도 랑군으로 향하다가 들른 스리랑카 콜롬보 부둣가에서 원주민 날품팔이가 백인 경찰에게 발로 걷어차이는 것을 목격한 그는 그 장면과 그것을 본 승객들의 반응에 충격을 받고 다음과 같이 그 경험을 기록했다.

> 평범하고 점잖은 중산층인 이들은 아무런 감정의 동요도 없이 ─ 오히려 은근히 지지하는 듯이 ─ 그 광경을 구경했다. 그들은 백인이었고 그 날품팔이는 피부가 검은 사람, 다시 말해서 인간 이하였고 다른 종류의 동물이었다.
> ─ 1940년 4월 6일 《시대와 흐름(*Time & Tide*)》

그러나 그는 버마에서 제국경찰로 복무하며 자신도 물리력에 의존하곤 했다. 하지만 폭력은 피해자는 물론 가해자에게도 반발심을 불러일으켰다. 200명의 원주민 경찰을 거느리고 버마 남쪽 지역의 20만 주민을 통제하는 일은 스물한 살의 청년에게는 과중한 임무였다. 에릭은 식민지에서 자행되는 비열한 일들에 염증을 느낀 끝에 조국에 대한 증오심에 불탔고 "원주민들이 봉기해서 대영제국을 피로 물들였으면"(『버마의 나날』)하는 열망을 갖게 되었다.

1927년 경찰직을 사직한 에릭은 프랑스 파리에서 노동자들과 함께 생활하며 장편과 단편 소설들을 썼지만 아무것도 출판하지 못했다. 실직자들 가운데서 얻는 경험은 에릭 블레어를 확고한 사회주의자로 변화시켰고 그는 작가로서의 뚜렷한 방향 의식을 가지게 되었다. 영국으로 돌아온 그는 다시 가난한 사람들 가운데서 허드렛일을 전전하며 생활했다. 이 경험을 바탕으로 1933년 자전적인 작품 『파리와 런던의 부랑자』를 출간했다. 이때부터 그는 조지 오웰이라는 필명을 쓰기 시작했다. '조지'는 영국의 수호성인으로 가장 영국적인 이름이고 '오웰'은 에릭이 좋아하던 강 이름이다. 자신이 하층계급 틈에서 생활한 경험을 드러낸 책의 내용 때문에 부모 형제가 수치를 당할까 염려하여 필명을 만들어 쓴 것이다.

1930년대 중반 조지 오웰은 『버마의 나날』, 『신부의 딸』, 『엽란을 날려라』를 출간했다. 1932년 파리와 런던의 하층계급의 생활상을 책으로 내고 싶다며 좌익 출판인 빅터 걸랜츠가 에릭 블레어에게 접근했고 그는 처음으로 자신의 글을 책으로 낼 기회를 얻었다. 그로부터 3년간 돈은 얼마 벌지 못했지만 꾸준히 저술 활동을 하면서 오웰은 작가로서의 평판을 쌓아갔다. 출판사에서는 그의 글에 사회주의

사상이 드러나는 것을 보고 그를 북부로 보내 광부와 실직 공장 노동자에 관한 책을 쓰도록 했고 그 결과 1937년 『위건 부두로 가는 길』이 출간되었다.

1936년 조지 오웰은 런던 대학교에서 심리학을 전공하는 아일린 오쇼너시와 결혼했다. 그녀는 오웰과 같은 정견을 가졌고 그의 작가로서의 포부를 지지했다.

한편 유럽의 남쪽에서는 오웰의 인생을 바꾸어놓을 일들이 벌어지고 있었다. 1931년 좌익 민중 시위로 스페인의 군주정체가 평화적으로 전복되고 공화국이 설립되었다. 서방세계는 경각심을 가지고 이 새로운 통치 양식을 지켜보았다. 스페인의 정치 주역들이 대부분 소련에 호의적이었기 때문에 위정자들은 공산주의가 유럽 전역으로 번질 것을 두려워했다. 1936년 파시스트인 프란시스코 프랑코 장군이 일으킨 군사 반란은 스페인 전역에 내전을 점화했다. 스페인 내전이 발발하자 영국을 비롯한 서방 세계는 암암리에 프랑코의 파쇼 정부를 지지했다. 그를 공산주의에 대항하는 동맹으로 보았기 때문이다. 프랑코 장군의 최대 맹방은 히틀러의 독일이었다. 나치는 스페인 파쇼 정권에 무기를 공급했다. 1937년 최초로 공습에 투입된 독일제 비행기들은 북부 스페인의 게르니카를 폭격하면서 민간인들을 목표물로 삼았다. 게르니카는 나치의 새로운 전면전 철학의 시험장이었다. 이 공습으로 게르니카 주민 1,600여 명이 사망했고 유럽 전역이 공포에 빠졌다.

이런 역사적 배경 속에서 1936년 말 전쟁을 보도하기 위해 스페인으로 건너간 오웰은 혁명의 열풍에 휩싸였다. 그는 좌익 공화진영에 가담해 프란시스코 프랑코가 이끄는 우익 파시스트* 진영에 대항해 싸웠다. 프랑코에 맞서 싸우던 좌익 진영은 여러 단체로 이루어져 있었는데, 오웰은 제일 처음 소개받은 마르크스주의 통합노동당(POUM)이라는 조직에 의용군으로 들어갔다. 오웰은 처음에는 서로를 '동무(comrade)'라며 동등하게 대하는 분위기에 도취되어 사회주의가 승리를 거두고 있다고 느꼈다. 그러나 스페인의 좌익 세력들이 서로 얼마나 치열한 경쟁을 벌이고 있었는지 그는 전혀 알지 못했다. 그들은 모두 프랑코를 증오하면서도 그에 못잖게 서로를 증오했다. 그 경쟁의 본질은

* 파시즘은 국수주의를 중심으로 하는 극우 독재 체제다. 개인의 자유는 지도자의 의지에 희생되고 인종 또는 민족적 순수성이 강제된다. 파시즘이라는 말은 1922년 권력을 잡은 이탈리아의 베니토 무솔리니의 통치를 설명하기 위해 처음으로 사용되었다. 파시즘은 히틀러의 신념과 나치의 발흥에 폭넓게 관련되어 있다.

공화주의 세력을 통제하고 스탈린 전선에 반대하는 모든 세력을 제거하려는 친스탈린 공산주의자들의 시도였다.

오웰은 1936년 겨울부터 1937년 봄까지 전선에서 동지들과 함께 싸웠다. 쥐가 들끓고 인분 냄새가 진동하는 진흙탕 참호, 열악한 병기, 전술의 부재로 얼룩진 전쟁이었다. 1937년 5월 바르셀로나로 간 그는 POUM을 비롯한 반파시스트 조직들이 같은 반파시스트이면서 공산주의자들로 이루어진 조직에 맞서 벌인 전면적 시가전에 휩싸였다. 오웰도 소총을 들고 동지들 편에 서서 싸웠다. 동맹들 사이에 벌어진 이 전투는 500명 이상의 사상자를 냈다. 이 사건을 겪은 오웰은 자신이 단순히 파시즘과 싸우고 있다는 순진한 생각을 버리게 되었다. 그는 대부분의 전우들이 같은 편인 공화 정부의 공산주의자들에게 사살되거나 투옥되는 것을 보았다.

좌익 공화주의 의용군끼리 싸움이 벌어지자 친스탈린 세력은 대대적인 숙청을 감행했다. 첩자와 밀고자들이 작성한 명단에 오른 의용군들이 색출되어 잡혀갔다. 오웰도 그 명단에 포함되어 있었다. 그는 "그것은 범죄자 검거가 아니라 프랑스혁명 때와 같은 공포 시대였다"고 기록했다. 오웰 부부는 프랑스로 무사히 탈출했다. 스페인을 떠나며 오웰은 좌익 정치의 암울한 현실을 깨달았다. 파시즘과 스탈린주의의 위협 사이에 어떤 도덕적 차이가 있는지 알 수 없었다. 진리와 인명을 경시하는 것이 파시즘과 스탈린주의의 공통된 특징이라고 판단한 그는 1938년 영국으로 돌아갔다.

영국에서 폐결핵 진단을 받은 그는 요양원에서 치료를 받고 1941년 BBC 방송국에 채용됐다. 1943년 BBC 방송국 일을 그만두고 소련 공산주의의 진상을 폭로하기 위해『동물농장』을 쓰기 시작했다. 소련이 나치 독일에 대항하는 영국의 동맹국이자 마르크스가 꿈꾸던 계급 없는 사회의 화신으로 비치는 것을 본 오웰은 소련의 정치적 거짓과 스탈린의 기회주의가 사회주의와 동일시되는 것은 곤란하다고 생각했다. 사회주의의 미덕과 장점이 자칫 도매금으로 지탄받을 것을 우려했다. 1943년 12월 테헤란회담에서 서방 연합국 정상들이 스탈린과 만날 때 오웰은 사회주의를 공산주의로부터 지키기 위해『동물농장』집필에 힘쓰고 있었다. 당시 오웰이 스탈린으로 하여금 종전 직후 동유럽 상당 부분을 철의 장막 뒤로 끌어당길 수 있게 해준 테헤란 회담 내용을 알 턱이 없었다.

『동물농장』은 동유럽 열국이 소련권에 흡수되자 특히

미국에서 대성공을 거두었다. 오웰은 끊임없이 에세이를 썼고, 1949년 6월 8일 두 번째 반유토피아 소설 『1984』가 출간되었다. 그리고 일곱 달쯤 지났을 때 폐결핵이 악화되어 런던의 한 병원으로 실려 갔다. 그는 몇 년에 걸쳐 건강이 계속 나빠졌는데도 필연적인 운명을 인정하려 하지 않았다. 머릿속에 쓸 책이 있는 사람이 죽는다는 것은 있을 수 없다고 생각했다. 그뿐 아니라 1949년 말 소니아 브라우넬이라는 여성과 런던의 병원에서 재혼까지 했다. 불굴의 투혼을 불태운 오웰은 결국 1950년 1월 21일 46세의 나이로 세상을 떠났다.

조지 오웰은 친구에게나 적에게나 까다로운 사람이었다. 매사에 소신이 확실했고 늘 불만이 많았으며 타협할 줄을 몰랐다. 그와 유년기부터 친구였던 시릴 코널리는 "손수건에 코를 풀면 코만 풀지 않고 손수건 제조업의 노동 환경에 대해 윤리적 장광설을 곁들이곤 했다"고 오웰을 회상했다. 작가 V. S. 프리쳇은 "오웰은 적보다 자기편을 더 싫어한다"고 했다.

오웰 사후 그의 장점을 부각하고 약점을 감추는 경향이 있어왔다. "세인트 조지"라며 그에게 성인 호칭까지 붙인 교과서가 나왔을 정도로 그의 명성은 사후에 더욱 드높아졌다.

1949년 오웰이 「간디 수상(隨想)」을 "성인은 항상 무죄가 입증되기 전까지는 죄인으로 여겨져야 한다"는 말로 시작했듯이 우리도 그를 마찬가지 시선으로 바라봐야 할 것이다. 오웰은 우리의 과장된 칭찬을 별로 좋아하지 않았을 것이기 때문이다. 그는 자기를 칭찬하는 사람을 보면 도대체 저 사람이 왜 저러지, 동기가 뭐지, 무슨 꿍꿍이로 칭찬하지? 하고 경계했을 것이다.

오웰의 글은 흔히 명료하고 정직한 글의 전범으로 추천된다. 「정치와 영어」는 언론을 업으로 삼고자 하는 사람들에게 권장되는 수필이다. "정치에 사용되는 언어는 거짓을 진실로, 살인을 부끄럽지 않은 것으로 만들고 허황된 것을 실체가 있는 것처럼 보이도록 고안되었다. 그것을 하루아침에 바꿀 수는 없지만 우리는 최소한 우리 자신의 습관만은 바꿀 수 있다."

『동물농장』을 세상의 변화를 꾀하는 모든 좌익 세력에 대한 공격으로 오용하는 사람들은 혁명은 실패하기 마련이라는 암울한 교훈을 끌어냈다. 오웰은 당시에도 자신의 글이 자기가 평생 적대시하던 견해와 결부되고 있다는 것을 알았다. 하지만 돼지들이 사과를 독차지했을 때 다른 동물들이 모두 힘을 합해 싸웠더라면 『동물농장』은 다른 방향으로 전개되었을 것이라고 오웰은 말했다. 동물들의 문제는 인간에게서 빼앗은 지배력을 다른 동물에게 넘겨줬다는 데 있다고 그는 역설했다. 『동물농장』이 주는 교훈은 개개인이 스스로 혁명하지 않으면 혁명을 손에 넣을 수 없다는 것이라고 분명히 밝혔다. 그러나 그의 설명에 귀를 기울인 사람은 없었다. 1947년 우크라이나판 『동물농장』 서문에서 그는 단순히 소련 공산주의 자체를 공격하는 것이 아니라 영국에서 받아들인 소련의 '신화'를 공격한 것이라고 밝혔다. 그것이 영국의 사회주의 운동에 해가 되기 때문이었다.

　『동물농장』은 오늘날에도 흔히 오웰의 의도와는 달리 유토피아, 정치적 이상주의의 위험성에 대한 경고로 읽힌다. "『동물농장』에 대한 오해는 주로 평이한 언어로 쓰였다는 데서 (……) 우화 속 사건들을 직접적으로 평가하지 않는 데서 온다."* 평이한 언어로 쓰인 단순한 이야기라서 저자의 의도와는 달리 독자마다 다르게 해석할 수 있다는

---

* Robert Fowler, *The Language of George Orwell* (London: Macmillan Press, 1995), 163.

것이다(하지만 어휘와 표현이 평이할지는 몰라도 구문은 결코 짧지도 많이 길지도 않다.)

소련과 관련된 사실들을 몰라도 『동물농장』은 그 자체로 즐거움과 교훈을 주지만, 정치적인 알레고리를 모르고 읽으면 오웰의 작의와 풍자적 표현을 놓칠 수밖에 없다. 그리고 그 글은 더 나은 미래를 바라는 우리의 열망과 그 과정에서 생길 수 있는 위험 요소들을 지금도 분명히 드러내 보여준다.

1903	6월 25일, 인도 벵골의 모티하리에서 식민행정청 아편국 공무원으로 일하던 영국인 리처드 웜즐리 블레어와 프랑스인 이다 리무쟁 사이에 1남 2녀의 둘째로 태어남. 본명은 에릭 아서 블레어(Eric Arthur Blair).
1904	여름, 온 가족이 영국에서 휴가를 보냄. 리처드 블레어는 가을에 홀로 인도로 돌아가고 이다는 아이들의 교육을 위해 옥스퍼드주에 남음.
1908-11	우르술라회 수녀원에서 운영하는 초등학교에 다님.
1911-16	세인트시프리언스 사립 기숙학교에 다님.
1912	아버지 리처드 블레어가 대영 식민행정청을 그만두고 본국으로 돌아옴.
1914	7월, 제1차 세계대전 발발.

1917-21	장학금을 받아 명문 사립 이튼 스쿨에 다님.
1922	4월, 스탈린이 소련 공산당 중앙위원회 서기장에 취임. 10월, 영국령 인도의 제국경찰이 되어 버마에서 복무하기 시작.
1927	작가의 길을 걷기로 마음먹고, 휴가차 돌아온 런던에서 사직서 제출. 이후 런던의 싸구려 하숙집에 살며 하층민들과 어울림.
1928-29	저임금 일을 하며 파리의 노동자 계층 지역에서 거주. 기사와 평론을 쓰기 시작. 『파리와 런던의 부랑자(*Down and Out in Paris and London*)』와 『버마의 나날(*Burmese Days*)』 집필에 착수.
1932	4월, 미들섹스주의 작은 사립학교 호손스 남자 고등학교에서 교사로 부임하여 이듬해까지 일함.
1933	1월 9일, '조지 오웰'이라는 필명으로 첫 책 『파리와 런던의 부랑자』를 출간.
1934	10월 25일, 『버마의 나날』이 미국에서 먼저 출간됨.

1935	3월 11일, 『신부의 딸(*A Clergyman's Daughter*)』 출간.
	6월 24일, 영국판 『버마의 나날』 출간. 런던의
	서점에서 일하면서 저술 활동을 이어감.

1936	4월 20일, 『엽란을 날려라(*Keep the Aspidistra Flying*)』
	출간.
	6월 9일, 하트퍼드셔주 월링턴의 교회에서 아일린
	오쇼너시와 결혼.
	7월, 스페인 내전 발발.
	12월, 스페인 내전을 보도하기 위해 스페인으로
	향함.

1937	1월, 영국 독립노동당원 자격으로 스페인
	마르크스주의 통합노동당 의용군에 가담해 참전.
	3월 8일, 『위건 부두로 가는 길(*The Road to Wigan Pier*)』 출간.
	5월, 스페인 북동부의 우에스카에서 저격수의 총에
	목을 맞음.
	6월, 아일린과 함께 기차를 타고 스페인에서
	프랑스로 피신.

| 1938 | 3월, 폐결핵 진단을 받고 요양소에서 치료받음. |
| | 4월 25일, 스페인 내전의 경험을 바탕으로 쓴 |

『카탈루냐 찬가(*Homage to Catalonia*)』 출간(1,500부).
9월, 요양을 위해 간 프랑스령 모로코에서 『숨 쉴
곳을 찾아서(*Coming Up for Air*)』 집필 시작.

1939	3월, 스페인 내전이 끝나고 프랑코의 군사 독재 정권이 들어섬. 6월 12일, 『숨 쉴 곳을 찾아서』 출간. 8월, 히틀러와 스탈린이 상호불가침 조약을 맺음. 제2차 세계대전 발발.
1940	3월 11일, 수필집 『고래 배 속에서(*Inside the Whale*)』 출간. 6월, 건강상의 이유로 참전을 거부당했지만 국방 시민군에 자원해 런던에서 복무.
1941	2월 19일, 수필집 『사자와 유니콘(*The Lion and the Unicorn*)』 출간. 12월, BBC에 채용되어 나중에 시사 토크 프로그램의 프로듀서가 됨. 매주 정기적으로 전쟁 상황에 대한 시사를 다룸. 오웰이 원고를 쓰고 대부분의 방송 진행까지 맡음.
1943	가을, BBC를 그만두고 《트리뷴(*Tribune*)》의 문학 편집자로 일함(1945년 2월까지).

1944	2월, 『동물농장(*Animal Farm*)』 탈고.
	6월, 갓난아이를 입양하고 리처드 호레이쇼
	블레어라고 이름을 지어줌.

| 1945 | 3월 29일, 아내 아일린 블레어 사망. |
| | 8월 17일, 『동물농장』 출간(초판 4,500부). |

1946	2월 14일, 『문학평론집(*Critical Essays*)』 출간.
	8월, 스코틀랜드 주라섬에 머물며 『1984』를 ('유럽의
	마지막 인류'라는 제목으로) 쓰기 시작.
	8월 26일, 『동물농장』 미국판이 출간되고 전 세계적
	반향을 일으키며 큰 성공을 거둠.

1947	11월, 『1984』 초고 완성.
	12월, 폐결핵으로 글래스고 근교 헤어마이어스
	병원에 입원해 7개월 동안 치료받음.

1948	5월, 『1984』 두 번째 개고를 시작.
	10월, 출판인 프레드릭 워버그에게 보낸 편지에
	'1984'와 '유럽의 마지막 인류'라는 제목을 놓고 갈등
	중이라고 씀.
	11월, 『1984』를 탈고하고 손수 타자 원고를 작성.
	12월, 『1984』의 정서본을 완성해서 출판사로 발송.

1949	1월, 폐결핵이 악화되어 글로스터셔주의 코츠월드
	요양원에 9월까지 입원.
	6월 8일, 『1984』 출간(초판 2만 5,500부).
	10월 13일, 런던 유니버시티 칼리지 병원의
	병상에서 소니아 브라우넬과 결혼.

1950	1월 21일, 46세에 폐결핵으로 사망.
	1월 26일, 런던의 크라이스트처치에서 장례식을
	치르고 버크셔주의 올 세인츠 공동묘지에 본명
	'에릭 아서 블레어'로 묻힘.